KB076969

국어 선생님의 역사 수업

시로 쓰는 한국 근대사 ❶

국어 선생님의 역사 수업

시로 쓰는 한국
근대사 ❶

2012년 2월 23일 제1판 제1쇄 인쇄
2012년 3월 1일 제1판 제1쇄 발행

지은이   신현수
펴낸이   강봉구

기획   강봉구
책임편집   김윤철
마케팅   윤태성
디자인   디자인시
제작   (주)아이엠피

펴낸곳   작은숲출판사
등록번호   제313-2010-244호
주소   121-894 서울시 마포구 합정동 367-9
전화   070-4067-8560
팩스   0505-499-8560
홈페이지   http://littlef2010.blog.me
이메일   littlef2010@naver.com

© 신현수

ISBN 978-89-965430-7-7 44810
값 14,000원

이 도서의 국립중앙도서관 출판시도서목록(CIP)는 e-CIP 홈페이지(http://www.nl.go.kr/
ecip)와 국가자료공동목록시스템(http://www.nl.go.kr/kolisnet)에서 이용하실 수 있습니다.
(CIP 제어번호 : CIP2011002918)

국어 선생님의 역사 수업

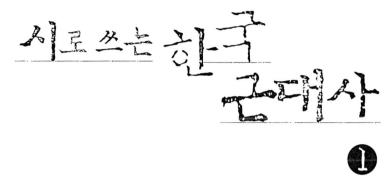

시로 쓰는 한국
근대사

①

신현수 지음

작은숲

먼저 이야기 두 가지만 할게요. 이야기 하나, 지난해 보훈처는 이 책에도 나오는 〈시일야방성대곡〉을 쓴 위암 장지연과 윤치영 초대 내무부장관 등 19명의 서훈을 취소했습니다. 이들은 모두 한때 독립운동을 했지만 훗날 전향해 친일 활동을 펼친 사실이 드러나 ≪친일인명사전≫에 등재된 이들입니다. ≪친일인명사전≫에 수록된 독립유공 서훈자 20명 가운데 관련 소송이 진행 중이어서 심의가 유보된 김성수 전 '동아일보' 사장을 제외한 모든 이의 서훈이 박탈된 것입니다. 그런데 올해 국가보훈처는 ≪친일인명사전≫을 편찬했던 이만열, 서중석 교수 등 역사학자들을 독립유공자 서훈공적 심사위원회에서 제외시켰습니다. 이 분들은 대부분 10년 이상씩 공적 심사위원으로 일해 온 원로 학자들이지요. 그러면 작년과 올해 보훈처는 무엇이 달라졌을까요? 국가보훈처장이 바뀌었습니다. 여전히 우리 역사의 해석과 친일 행위에 대한 단죄는 일개 보훈처장 한 사람의 손에 달려 있는 것이지요. 지금 우리나라는 명실공히 완전히 독립된 나라일까요?

이야기 둘, 오스트리아의 유력 일간지 〈데어 슈탄다르트〉는 얼마 전 '4

대강 살리기, 한국 최대의 환경 스캔들'이라는 제목의 기사에서 소위 4대강 사업을 꼬집었는데, 4대강 사업은 오로지 건설업계만을 위한 것일 뿐, 홍수 예방, 수질 개선, 식수 확보 등 모든 부분에 부정적일 뿐인 '생태계의 대 참극'이라고 말했습니다. 나라의 큰 강 네 개를 복원하겠다며 무려 177억 달러 나 들여 2년 만에 끝낸 이 사업은 홍수의 피해를 막고, 수질을 개선하고, 강 주변을 오락과 여가 시설로 바꾼다는 미명하에 16개의 댐을 새로 건설했는 데, 이따위 사업은 동아시아에서 유례없는 일이라고 하면서, '완전히 정신 나간 미친 짓, 한낱 속임수'라고 말했습니다. 동식물계의 극단적인 파괴뿐 만 아니라 홍수, 지하수, 수질, 그 어떤 것에도 부정적인 영향만 끼치는 4대 강 사업을 유지하고 보수하는 데만 매년 2억 2천만 달러(2,400여억 원)가 들 어가는데도 위정자는 '역사적인 일에는 반대가 있기 마련'이라는 말뿐이었 다고 비꼬았습니다.

　먼 훗날 역사는 도대체 우리가 사는 2012년, 이 야만의 시대를 어떻게 기 록할까요? 혹시 모두 바보들만 살았다고 기록하지 않을까요? 이런 얼토당

토않은 일이 벌어지는데도 왜 그 시대 사람들은 가만히 있었을까, 매우 궁금해 하지 않을까요?

이 책을 쓰면서 우리나라의 독립은 진정으로 수많은 선열들이 흘린 피와 땀과 희생의 결과물이라는 생각이 들었습니다. 그러면서 시종일관 들었던 생각은 '내가 그 시절을 살았다면 어떻게 행동했을까?' 하는 것이었습니다. 순국선열들처럼 나도 한목숨 다 바쳐 싸울 수 있었을까요? 그에 대한 답은 현재 내가 살아가는 모습입니다. 이·어처구니없는 시대에 대해 변변한 발언 한 번도 못하고 살아가는 나의 모습이 그 대답입니다. 그래서 이 책을 쓰면서 매우 부끄럽고 또 부끄럽습니다.

몇 년 전 ≪국어 선생님의 시로 만나는 한국현대사≫를 내고 세상으로부터 과분한 관심을 받았습니다. 그래서 용기를 얻어 이번 책을 다시 집필하게 되었습니다. 사실은 1910년 한일합방이 된 지 꼭 100년이 되는 지난 2010년에 책을 출간하려 했으나 제 게으름으로 많이 늦어졌습니다. 언제 끝날지 기약은 할 수 없지만, 내친 김에 ≪시로 쓰는 조선사≫, ≪시로 쓰는 고려사》, ≪시로 쓰는 삼국사≫, ≪시로 쓰는 고대사≫까지 도전해 보려고 합니다.

　어려운 출판 환경 속에서도 굴하지 않고 꾸준히 청소년을 위한 양서를 출간하고 있는 작은숲출판사 강봉구 사장에게 고마운 마음을 전합니다. 이 책 또한 커다란 도움을 받았습니다. 강봉구 사장은 이 책의 공동 저자라고 해도 과언이 아닐 정도로 거의 개고 수준 이상으로 원고를 손봐주었습니다.

　2012년 올해는 대한민국의 운명을 가를 커다란 선거가 두 번이나 치러지는 해입니다. 지난 4년과 같은 일이 우리 역사에서 절대로 다시는 반복되지 않는 선거가 되기를 간절히 바랍니다.

삼일절을 얼마 남기지 않은 2012년 2월 어느 날

부광고등학교 교무실에서

신현수 씀

| 차례 |

2장 개화기 풍경

3장 나라 안의 독립 운동

4장 만주의 독립 운동

1_장

백성을 하늘처럼 섬겨라

검결劍訣 | 최제우
수운이 말하기를 | 신동엽
유언시 | 전봉준
새야 새야 파랑새야 | 구전 민요

국어 선생님의 한국 근대사 강의 사람이 곧 하늘이다, 동학

검 결劍訣

2010년은 '경술국치'가 일어난 지 100주년이 되는 해였다. 나라를 빼앗긴 치욕적인 해였지만, 뉴라이트 계열의 학자들이 일제가 조선을 근대화시켰다고 주장하는 이른바 '식민지 근대화론'을 다시 제기하는 등 근대와 관련한 논쟁이 재점화되기도 했었다.

흔히 '한국 근대사' 하면 보통 '동학 혁명'이나 '일제 강점 36년'을 떠올리는데, '언제부터 한국에서 근대가 시작되었다고 볼 것인가?' 하는 문제는 그리 간단하지 않다. 얼마 전에 펴낸 다른 책에서 나는 한국 현대사의 시작을 1945년, 그러니까 광복으로 잡았는데, 여기에 이견을 다는 사람은 많지 않을 듯하다. 그러나 한국에서 근대의 시작이 언제부터인지에 대해서는 의견이 분분한 게 사실이다. 이에 대한 역사학자들의 논의는 다음과 같은 다섯 가지 정도의 견해가 있다.

① 18세기 영 · 정조설

② 1910년설

③ 1919년설

④ 1910년대 말 혹은 1920년대 중반설

⑤ 갑오개혁설

이 중에서도 '갑오개혁설'이 가장 보편적인 견해로 알려져 있다. 그러나 한국 근대사의 시작을 '갑오개혁'이라고 보는 견해에 문제가 없는 것은 아니다. 갑오개혁은 외세의 힘을 빌어 이룩한 것인데, 한국 근대사의 시작을 갑오개혁으로 본다면 외세의 힘에 의해 근대가 형성되었다는 사실을 인정하는 셈이 된다. 이것은 민족적으로 보면 자존심이 상하는 문제임에 틀림없다.

이렇듯 '한국에서 근대가 언제부터 시작되었는가?' 하는 문제는 매우 학문적이고 복잡한 문제이지만, 대체로 '자본주의 형성이나 시민 사회의 성립'을 기준으로 보는 게 일반적이다. 따라서 이 책에서는 한국 근대사의 시작을 '동학'으로 보려고 한다. 뒤에서 다시 얘기하겠지만, 동학 정신의 핵심, 즉 백성을 하늘로 보는 '인내천 사상'이야말로 가장 근대적인 것이 아닌가 하는 생각에서이다.

자, 그럼 이제 시와 함께 한국 근대사를 향한 긴 여행을 떠나 보자.

앞에서 근대의 시작을 '동학'으로 본다고 했으므로 문학 작품도 동학 가사부터 살피는 게 상식이다. 처음 만나 볼 작품은 최제우의 〈검결〉이다. 이 노래는 전라북도 남원에서 수도를 하던 어느 날 도를 깨우친 최제우가, 득도得道의 기쁨을 이기지 못하여 만든 노래라고 한다. 노래를 만들어 부르면서 나무칼을 들고 춤을 추었다고 하는데, 이 칼춤을 추면서 부른 노래가 바로 '검결'이다.

시호時乎시호 이내시호 부재래지不再來之 시호時乎로다
만세일지萬世一之 장부丈夫로서 오만년지五萬年之 시호時乎로다

용천검龍天劍* 드는 칼을 아니 쓰고 무엇하리
무수장삼舞袖長衫*떨쳐입고 이 칼 저 칼 넌즛 들어

호호망망浩浩茫茫 넓은 천지天地 일신一身으로 비껴 서서
칼 노래 한 곡조를 시호 시호 불러내니

* 용천검 옛날 장수들이 쓰던 보검을 이르는 말.
* 무주장삼 민속 무용을 할 때 입는, 소매가 긴 옷.

용천검龍天劍 날랜 칼은 일월을 희롱하고

게으른 무수장삼舞袖長衫 우주에 덮여 있네

만고명장萬古名將 어디 있나 장부당전丈夫當前 무장사無壯士라

좋을시고 좋을시고 이내 신명身命 좋을시고

한자가 많이 나와 좀 어렵게 느껴질 수 있는데, 먼저 쉬운 우리말로 한번 풀어 보자.

때여 때여 나의 때여 두 번 다시 오지 않는 때이로다.

만세에 한 번밖에 태어날 수 없는 장부로서, 오만 년에 한 번밖에 없는 때이로다.

용천검 잘 드는 칼을 쓰지 않으면 무엇 하겠는가.

춤출 때 입는 소매가 긴, 적삼을 떨쳐 입고서 이 칼 저 칼을 넌지시 들어서

아득하여 끝이 보이지 않는 넓은 천지에 한 몸으로 비껴 서서

칼 노래 한 곡조를 때여 때여 하면서 불러내니

용천검 날랜 칼은 해와 달을 희롱하고

천천히 움직이는, 춤출 때 입는 소매가 긴 적삼은 우주에 덮여 있네.

만고의 명장은 어디에 있느냐 살아 있는 장부 앞에는 당해 낼 장사가 없는 것이니라.

좋을시고 좋을시고 나의 신명 좋을시고.

이 노래는 최제우가 1861년에 지은, 총 20행으로 이루어진 짧은 가사로, 《용담유사》에 실려 있다. 《용담유사》에는 이 노래 말고도 '용담가, 안심가, 교훈가, 몽중노소문답가, 도수사, 권학, 도덕가, 흥비가' 등 8편의 동학 가사가 실려 있다.

최제우는 서양 세력이 우리나라에 밀려 들어오는 것을 크게 걱정하면서, 이에

《용담유사》《동경대전》과 더불어 동학의 기본 경전으로, 1860년경 동학의 초대 교주인 최제우가 한글로 지은 포교 가사집이다. 최제우는 그가 깨우친 '후천 개벽後天開闢' 사상을 누구나 쉽게 이해하고 따라 부를 수 있도록 문자는 한글로, 형식은 가사의 형식을 빌려 표현하려고 했다. 후천 개벽 사상은 '현재의 세상은 그 기운이 다해서 후에 새로운 세상이 열린다.'라는 뜻이다. 사진은 《용담유사》.

맞서는 정신적 자세로서 동학을 내세웠다. 동학의 경전은 한글 가사체 형식으로 되어 있는데, 이것은 동학을 믿었던 사람들이 주로 일반 민중들과 부녀자들이었기 때문이다. 그러므로 동학 사상을 한글 가사체의 형식에 담은 것은 어쩌면 당연한 일이다. 더구나 가사체는 자꾸 읽고 노래하면 쉽게 외워지는 특징이 있으므로 동학 사상을 쉽게 이해할 수 있도록 하기 위해 가사의 형식을 빌었다고 할 수 있다.

이 노래는 특히 동학 농민 전쟁 때 군가로 불리기도 했는데, 어쨌든 이 작품은 세상을 변혁하고자 하는 대장부의 영웅적이고 호탕한 기개가 차고 넘치는 작품이다. 현대인들이 잃어 버린 씩씩한 무인의 기상이 느껴지는 것 같다.

수운이 말하기를

요즘 아이들은 신동엽 하면, 개그맨을 떠올린다. 시인 신동엽을 떠올리는 아이들이 많지 않은 것 같아 좀 씁쓸하지만, 어쨌든 신동엽 시인은 내가 매우 존경하는 시인 중 한 분이다. 앞에서 최제우가 지은 동학 가사를 읽어 봤다면, 시 제목에서 '수운'이 누군지는 파악했을 테고……. 자, 그럼 시를 읽어 보자.

수운이 말하기를
슬기로운 가슴은 노래하리라.
맨발로 삼천리 누비며
감꽃 피는 마을

원추리 피는 산길

맨주먹 맨발로

밀알을 심으리라.

수운이 말하기를

하눌님은 콩밭과 가난

땀 흘리는 사색 속에 자라리라.

바다에서 조개 따는 소녀

비 개인 오후 미도파* 앞 지나는

쓰레기 줍는 소년

아프리카 매 맞으며

노동하는 검둥이 아이,

오늘의 논밭 속에 심궈진

그대들의 눈동자여, 높고 높은

하눌님이어라.

* 미도파美都波 영어 메트로폴리탄(metropolitan)의 발음과 비슷하게 한자를 빌려 쓴 말. 과거 서울에 있었던 백화점 이름. '대도시의 백화점', '수도首都의 백화점'이라는 뜻.

수운이 말하기를

강아지를 하눌님으로 섬기는 자는

개에 의해

은행을 하눌님으로 섬기는 자는

은행에 의해

미움을 하눌님으로 섬기는 자는

미움에 의해 멸망하리니,

총 진 자를 불쌍히 여기는 자는

그 사랑에 의해 구원받으리라.

수운이 말하기를

한반도에 와 있는 쇠붙이는

한반도의 쇠붙이가 아니어라

한반도에 와 있는 미움은

한반도의 미움이 아니어라

한반도에 와 있는 가시줄은

한반도의 가시줄이 아니어라.

수운이 말하기를,

한반도에서는

세계의 밀알이 썩었느니라.

　신동엽은 이 시에서 최제우가 동학 당시에 말한 것들이 오늘에도 계속되고 있다고 했다. 다시 말하면 수운의 정신이 오늘 이 땅에 다시 살아나야 한다는 선언인 셈이다. 또 신동엽은 예수가 말한 '밀알의 비유'를 들어 예수와 수운을 대등하게 바라보고 있다. 밀알의 비유는 〈신약〉 요한복음 12장 24절부터 25절까지에 나오는 내용인데, 여기서 성경 구절을 한번 들여다 보자.

　내가 진실로 진실로 너희에게 이르노니, 한 알의 밀알이 땅에 떨어져 죽지 아니하면 한 알 그대로 있고, 죽으면 많은 열매를 맺느니라.

　조금 다른 얘기지만, 성경은 기독교를 믿지 않거나 교회를 다니지 않더라도 꼭 읽어 봐야 할 책이다. 대부분의 서양 문명이 성경에 기초하고 있기 때문이다. 특히 인터넷에도 성경 읽기 프로그램이 아주 잘 구축되어 있고, 성경 내용뿐만 아니라 진도까지 챙겨 주는 곳도 있었으니 한번 도전해 보길 권하고 싶다.

조금 다른 얘기 하나 더. 성경이라는 책 이름을 기독교에서만 독점(?)하는 것은 다른 종교의 입장에서는 약간 불만스러울 수도 있다. 왜냐하면 대부분의 종교의 경전은 그 종교를 믿는 사람들 입장에서 볼 때 모두 성스러운 책이기 때문이다. 나는 요즘 도올 김용옥 선생이 쓴《기독교 성서의 이해》를 읽고 있는데, 성경과 기독교를 새로운 시각으로 보게 해 주는 책이다.

다시 본론으로 돌아와서, 굳이 신동엽의 이 시가 아니더라도 최제우의 생애와 예수의 생애가 비슷한 점이 많다는 것을 알 수 있다. 득도 후의 삶이 예수의 부활 후 공생애 삼 년과 닮아 있고, 또 최제우가 자청한 죽음도 그렇다. 예수의 죽음 후 급속하게 확장되었던 기독교 세력과 최제우 죽음 후 더욱 퍼져 나갔던 동학 운동의 흐름도 아주 비슷하다. 심지어 도올은 최제우를 예수뿐만 아니라 공자, 마호메트, 소크라테스, 부처 등에 비유하기도 했다.

수운은 말했다. 아니 수운의 입을 빌어 신동엽은 말했다.

'콩밭과 가난과 땀 흘리는 사색에서 하눌님은 자라난다.'고.

신동엽은 말했다.

'바다에서 조개 따는 소녀와 쓰레기 줍는 소년과 매를 맞아 가며 노동 착취에 시달리는 제3세계의 어린이들의 눈동자가 하눌님이다.'라고.

신동엽은 말했다.

'개, 은행, 미움, 총을 하눌님으로 섬기는 자는 그것들에 의해 망한다.' 고.

정말 그럴까?

최제우의 생애를 좀 더 살펴보자.

수운 최제우는 1824년 경주에서 태어났다. 어릴 적 이름은 '복술이'였는데, 후에 '어리석은 민중을 구제한다.'는 의미의 '제우濟愚'로 고쳤다. 어릴 때부터 총명하여 사서삼경과 역사서를 익혔으나, 기울어져 가는 가세와 함께 무너져 가는 조선 말기의 나라 형편이 그의 유년기에 큰 영향을 끼쳤다. 아버지가 돌아가시고 난 후 집안 살림이 더욱 어려워지자,

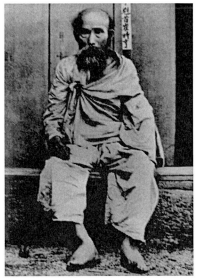

최제우(위)와 최시형

떠돌아다니며 장사와 의술로 돈을 벌거나 서당에서 글을 가르치면서 생계를 이어갔다.

그러다 세상이 각박한 것은 천명을 돌보지 않기 때문이라고 생각한 그는, 1856년 여름 천성산으로 들어가 도를 닦기 시작했다. 도를 닦기 시작한 지 4년 후인 1860년 4월, 갑자기 몸이 떨리고 정신이 아득해지면서 천지가 진동하는 듯한 소리가 공중에서 들려왔다. 드디어 득도를 하게 된 것이다.

이때는 농민들의 민란이 나라 여기저기서 일어나고, 서양 제국주의 세력들이 호시탐탐 조선을 넘보던 때이다. 최제우는 이런 시대적 상황에서 동학을 창시한 것이다. 그가 창시한 사상을 '동학'이라고 이름지은 것은 다분히 '서학'을 염두에 둔 것이었다.

그는 1861년에 포교를 시작했는데, 많은 사람들이 동학의 가르침을 따르게 되었다. 동학이 점차 세력을 얻게 되자 유림들의 비난의 소리가 높아졌고, 이에 최제우는 1861년 호남 지방으로 피신하게 되었다. 그는 남원의 은적암에 은거하면서 동학 사상을 체계적으로 이론화했는데, 여기서 〈안심가〉, 〈교훈가〉 등의 동학 가사를 지었다.

그 후 경주로 돌아온 그는 포교에 전념했는데, 그 결과 교세가 크게 확장되었다. 하지만 1862년 백성들을 현혹시킨다는 이유로 체포되었다. 그러나 수많은 제자들이 석방을 청원한 결과 다행히 석방되었는데, 이 사건은 사람들이 조정에서 동학을 인정한 것으로 받아들이게 되는 계기가 되었고, 그 결과 신도는 더욱 증가했다.

신도가 늘어나자 전국 각지에 '접'을 두고 접주가 관내의 신도를 다스리는 접주제를 만들었다. 이로써 동학은 경상도·전라도뿐만 아니라 충청도와 경기도까지 교세를 넓혀, 1863년에는 교인 3천여 명에 접소 13개를 확보하기에 이르렀다.

그해 7월, 최제우는 제자였던 최시형을 동학 교단의 책임을 맡을 북도중주인으로 임명했고, 그에게 '해월'이라는 호를 내린 뒤 도통을 전수하여 제2대 교주로 삼았다. 관의 주목을 받고 있어 언제 잡혀 갈지 모르는 상태였기 때문에 미리 후계자를 정한 것이었다.

동학의 교세가 커지는 데 두려움을 느낀 조정에 의해 경주에서 체포된 최제우는 1864년 대구 감영에서 고문 받다가 3월 10일 사도난정邪道亂正*의 죄목으로 참형에 처해졌다. 그의 나이 41세였다.

> 사도난정 도道를 간사邪하게 만들고 옳은 것正을 어지럽게 함亂.

영웅의 일대기를 닮아 있는 그의 삶과 그의 죽음은 많은 후일담을 만들어 냈는데, 그 일화를 따라가 보자.

대구 감영에서 취조를 받을 때의 일이다. 곤장으로 다리를 치니 다리에서 우레 같은 소리가 났다. 그런데 신기하게도 곤장을 맞아서 생긴 상처는 즉시 아물고 마치 아무 일도 없었던 것처럼 되었다고 한다.

또 참수당할 때의 일화도 전해진다. 처음에는 칼이 목에 들어가지 않았다. 몇 번의 시도 끝에 결국 칼에 목이 베어 죽임을 당했으나 시체에는 칼 흔적 하나 남아 있지 않았고, 관에는 무지개가 뻗쳐 상서로운 기운이 돌았다고 한다.

이런 일화가 비록 사실은 아니었다고 할지라도, 이 일화 속에는 최제우에 대한 민중들의 외경심이 잘 나타나 있다. 그는 비록 평민이었지만 전형적인 '영웅의 일생'을 살다 간 분이다. 그의 글은 그가 처형당한 후 신도들에 의해 간행된 《동경대전》, 《용담유사》에 남아 현재까지 전해지고 있는데, 〈포덕문〉, 〈수덕문〉, 〈논학문〉, 〈불연기연不然其然〉 등 한문으로 쓰인 교의문은 《동경대전》에, 〈용담가〉, 〈몽중노소문답가〉, 〈교훈가〉, 〈도수사〉, 〈안심가〉, 〈흥비가興比歌〉, 〈권학가〉, 〈도덕가〉 등 8편의 한글 가사는 《용담유사》에 수록되어 있다. 한문으로 된 가사는 식자층을 대상으로 했으며, 낭송이 편하도록 한글로 쉽게 쓴 나머지 8편의 가사는 한문을 모르는 부녀자나 일반 백성들을 주 대상으로 삼았다고 볼 수 있다.

여기서 동학이 태동했던 시대적 흐름을 잠깐 살펴보자. 당시에 지식인 사회에는 위정척사파와 개화파 등 두 갈래의 흐름이 있었다. 위정척사*파는 호시탐탐 우리나라를 노렸던 제국주의의 본질을 알았지만, 그에 맞서기 위한 그들의 철학이었던 성리학

은 너무 낡은 사상이었다. 반면 개화파는 시대의 흐름은 알았지만, 그들에게 힘을 준 게 바로 제국주의자들이었다. 이것이 위정척사 운동과 개화 운동 각각이 갖는 한계였다. 그 결과 위정척사 운동은 '자결'로, 개화 운동은 '매국'으로 귀결되고 말았다.

그런 상황에서 이 둘을 뛰어넘으려는 조용하고도 거대한 흐름이 서서히 형성되고 있었는데, 그것이 바로 '동학'이다. 지식인들만의 운동이 아닌 민중 운동, 제국주의 운동이 아닌 민족 운동, 침략 운동이 아닌 저항 운동, 이 위대한 사상이 바로 우리나라에서 시작되었다는 것에 대해 우리는 얼마든지 자랑스러워해도 된다. 이 위대하고 근대적인 사상, '동학'. 이 동학의 창시자가 바로 수운 최제우다.

유언시

'동학' 하면 제일 먼저 떠오르는 것이 뭘까? 아마도 '전봉준'이 아닐까. 그러나 사람들은 전봉준이라는 이름보다 '녹두 장군'이나 '새야 새야 파랑새야'라는 노래로 기억하고 있는지도 모른다.

전봉준은 뜻을 이루지 못하고 '백성을 사랑하고 정의를 위한 길'을 가다 처형당하고 말았지만, 그리고 '나라 위한 일편단심을 그 누가 알아주리오.'라며 한탄했지만, 그의 정신과 행동은 역사와 민중의 가슴속에 남았고, 민중들은 '새야 새야 파랑새야' 같은 민요를 만들어 부름으로써 그를 영원히 기억하고자 했다.

이번에는 동학 운동의 또 다른 영웅, 전봉준 장군이 직접 지었다는 유언시를 읽어 보자.

때를 만나서는 천하도 내 뜻과 같더니

운 다하니 영웅도 스스로 어쩔 수 없구나

백성을 사랑하고 정의를 위한 길이 무슨 허물이랴

나라 위한 일편단심 그 누가 알리

전봉준1854년~1895년의 초명은 명숙, 별명은 녹두 장군이다. 전북 태인에서 태어난 그는 집이 매우 가난하여 약초를 캐다 팔거나 묘 자리를 봐주면서 근근이 생계를 이어 나갔다.

1892년 고부 군수로 부임한 조병갑이 농민들에게 무거운 세금을 물리고 양민의 재산을 수탈하는 행위를 일삼자 전봉준의 아버지 전창혁은 고부 군수의 탐욕에 저항했다. 그러나 모진 곤장에 아버지가 결국 죽음에 이르게 되자, 전봉준은 이때부터 동학 운동과 사회 개혁에 대해 본격적으로 고민하게 되었다.

민중의 저항에도 불구하고 조병갑의 횡포는 갈수록 심해졌는데, 특히 1893년에는 물세를 많이 거둬들이기 위해 만석보 밑에 다시 보洑를 축조한 후 불법으로 세금을 징수하는 일이 벌어졌다. 이에 전봉준은 농민 대표와 함께 농민들의 어려움을 진정했으나 거부당하고 말았다. 참다못한 전봉준은 1894년 2월 동학 교도를 이끌고 고부 관아를 공격하기에 이르렀다. 이 봉기를 '고부 봉기'라고 하는데, 한때

동학 농민 혁명 포고문

세상에서 사람을 가장 귀하다고 여기는 것은 인륜이라는 것이 있기 때문이다. 군신부자는 인륜의 가장 큰 것이다. 임금이 어질고 신하가 곧으며 아비가 사랑하고 아들이 효도한 후에야 나라가 무강의 역域에 미쳐가는 것이다. 지금 우리 성상은 어질고 효성스럽고 자상하고 자애하며 정신이 밝아 총명하고 지혜가 있으니 현량하고 방정한 신하가 있어서 그 총명을 보좌한다면 요순의 덕화와 문경의 다스림을 가히 바랄 수 있으리라. 그러나 오늘의 신하된 자들은 보국을 생각하지 아니하고 한갓 녹위만 도적질하여 총명을 가리고 아부와 아첨만을 일삼아 충성되이 간하는 말을 요언이라 이르고 정직한 사람을 비도라 하여 안으로는 보국의 인재가 없고 밖으로는 백성을 탐학하는 관리가 많도다. 인민의 마음은 날로 변하여 생업을 즐길 수 없고 나아가 몸을 보존할 계책이 없다. 학정이 날로 심하고 원성은 그치지 아니하니 군신의 의리와 부자의 윤리가, 상하의 명분은 무너지고 말았다. 관자가 말하길 사유四維가 펴지지 못하면 나라가 멸망하고 만다고 했는데, 오늘의 형세는 옛날보다 더욱 심하다. 공경부터 방백 수령까지 모두 국가의 위태로움은 생각지 아니하고, 한갓 자신을 살찌우는 것과 가문을 빛내는 데만 급급하여 사람 선발하는 문을 돈벌이로 볼 뿐이며, 응시의 장소를 물건을 사고파는 장소로 만들었다. 허다한 뇌물과 돈은 국고로 들어가지 않고 도리어 개인의 배만 채우고 있다. 국가에는 누적된 빚이 있으나 갚을 생각을 아니하고 교만과 사치와 음란과 더러운 일만을 거리낌 없이 자행하니 8도는 어육이 되고 만인은 도탄에 빠졌다. 수재守宰의 탐학에 백성이 어이 곤궁치 아니하랴. 백성은 나라의 근본이라 근본이 쇠잔하면 나라도 망하는 것이다. 보국안민은 생각지 아니 하고 밖으로는 향제鄕第를 설치하여 오로지 제 몸만을 위하고 부질없이 국록만을 도적질하는 것이 어찌 옳은 일이라 하겠는가. 우리는 비록 초야의 유민이지만 임금의 토지를 부쳐 먹고 임금의 옷을 입고 사니 어찌 국가의 존망을 앉아서 보기만 하겠는가. 팔도가 마음을 합하고 수많은 백성이 뜻을 모아 이에 의로운 깃발을 들어 보국안민으로서 사생의 맹세를 하노니 금일의 광경은 비록 놀랄 만한 일이기는 하나 경동하지 말고 각자 그 생업에 편안히 하여 함께 태평세월을 빌고 임금의 덕화를 누리게 되면 천만다행이겠노라.

서기 1894년 3월 20일

역사에 '난'으로 '잘못' 기록되었던 동학 농민 혁명은 그렇게 시작되었다.

그는 관아의 무기와 곡식을 탈취하여 가난한 농민들에게 나누어 주고, 부패한 관리들을 붙잡아 응징했다. 그러자 '전봉준은 절대로 창과 칼을 맞지 않고, 총구멍에서 물이 나오게 하는 재주가 있다.'는 소문이 널리 퍼져 나갔다. 이렇게 되자 정부는 조병갑 등 부패한 관리를 처벌하고, 사태를 수습하기 위해 이용태를 안핵사*로 보냈으나 이용태 역시 탐학이 심했을 뿐만 아니라 모든 책임을 농민군에게 돌리며 무자비하게 탄압했다.

> 안핵사 조선 후기에 지방에서 발생하는 민란 수습을 위해 파견하던 임시 벼슬.

상황이 이렇게 돌아가자 전봉준 등은 재봉기를 결의했다. 척왜斥倭·척양斥洋, 부패한 지배 계급 타파 등의 강령을 내세우고 진격하여 황토현에서 중앙에서 급파된 관군을 대파했다. 이어 부안, 정읍, 고창 등을 장악했으며, 결국 전주까지 점령하기에 이르렀다.

이에 조정은 이를 진압하기 위해 청나라에 군대를 파병해 줄 것을 요청하였다. 거기다가 톈진 조약을 구실로 일본 군대까지 조선에 들어와 나라가 위태로운 상황에 처하게 되었다. 이에 농민군은 청나라와 일본에게 출병의 구실을 주지 않기 위해 폐정개혁안을 제시하였고, 정부가 이를 받아들였다. 그러나 부패한 지배 계급의 근절이나

동학 농민군을 이끌고 있는 전봉준 장군.

폐정개혁 12조
① 각 도인과 정부 사이에는 묵은 감정을 씻어 버리고 서정庶政에 협력할 것
② 탐관오리의 그 죄목을 조사하여 하나하나 엄징할 것
③ 횡포한 부호들을 엄징할 것
④ 불량한 유림과 양반들을 징벌할 것
⑤ 노비 문서는 태워 버릴 것
⑥ 칠반천인七班賤人의 대우를 개선하고 백정 머리에 씌우는 평양립平壤笠을 벗게 할 것
⑦ 청춘과부의 재혼을 허락할 것
⑧ 무명잡세는 모두 폐지할 것
⑨ 관리 채용은 지벌을 타파하고 인재 위주로 할 것
⑩ 왜와 내통하는 자는 엄징할 것
⑪ 공사채를 막론하고 지난 것은 모두 무효로 할 것
⑫ 토지는 평균으로 분작하게 할 것

근본적인 시정 개혁 등의 요구는 전혀 실현되지 않았다.

　결국 2차로 봉기를 하게 되는데, 전봉준은 삼례에서 남도 접주가 되어 12만 명의 병력을 동원했고, 북도 접주 손병희가 이끄는 10만 명의 병력과 함께 항일전을 전개하였다. 중남부 전역과 함경남도와 평안남도까지 항쟁의 규모가 확대되었고, 특히 공주 우금치 등지에서 치열한 전투를 벌였다. 그러나 우수한 무기로 무장하고 조직적인 훈련을 받은 일본군의 대대적인 반격으로 계속 밀리다가, 결국 금구 전투를 끝으로 동학군은 궤멸되고 말았다. 전봉준은 몇 명의 동지들과 함께 순창으로 피해 다시 거사를 일으킬 준비를 했지만, 현상금을 노린 옛 부하의 배신으로 관군에게 체포되었다. 그는 결국 1895년 동지들인 손화중, 최경선, 김덕명 등과 함께 교수형에 처해지고 말았다.

새야 새야 파랑새야

전봉준 장군에 관한 최근 연구에 따르면, 그는 동학 교도가 아니었다는 견해도 있다. 전봉준이 문초를 받으면서 "나는 서당의 선생으로서 아동을 가르쳤을 뿐 동학의 교리를 따르거나 가르친 바가 없다."라고 답하였다는 점, 전봉준이 문초를 받으면서 직업을 말할 때 동학의 '접주'라 하지 않고 '선비'라고 대답하였다는 점, 동학 농민 운동 제1차 봉기 당시 동학 교주였던 최시형이 "이들은 국적이요 사문난적이며, 아비의 원수를 갚으려면 효도로써 할 일이지 서두르지 말라."라고 밝혔다는 점, 전봉준이 작성한 격문에는 동학을 일절 언급하지 않았다는 점 등이 전봉준이 동학 교도가 아니라는 근거로 제시된 것들이다.

동학과 관련한 문제 제기는 이것 말고도 또 있는데, 동학 농민 혁명 기념관 내에 있는 전적비에 관한 논란이다. 동학군이 대승을 거두었던 황토현에는 현재 동학 농민 혁명 기념 공원이 조성되어 있는데, 전적비와 사당, 기념관, 보국문, 전봉준 선생 동상 등 기념물과 건축물 들이 있다. 이 기념 공원은 이루지 못한 동학군의 꿈을 잘 보여 주고 있는데, 전적비에 새긴 농민들의 얼굴이 전혀 전쟁터에 나가는 농민 같지 않다는 게 논란의 내용이다. 세간에는 볼에 살이 너무 많아 마치 양반들이 야외로 놀러가는 모습과 같다는 비판이 제기되기도 했었다.

이밖에도 전봉준이 압송당하는 사진이 잘못 알려졌다는 논란도 있다. 교과서에 실려 널리 알려진, 전봉준 장군이 압송되는 장면의 사진은, 사실은 재판을 받으러 가는 도중에 찍은 거라는 주장이 제기되기도 했었다.

이렇게 전봉준과 관련된 여러 가지 논란에도 불구하고, 그가 오직 나라와 백성을 위하여 죽고자 했다는 사실과 전봉준 장군과 같은 불세출의 영웅이 있어 오늘의 우리 민족이, 오늘의 우리가 있다는 사실에는 변함이 없다.

동학 농민 혁명과 관련하여 또 하나의 흥미로운 사실은 이 혁명이 왜 호남에서 일어났는가 하는 것이다. 그 이유를 생각해 보자.

압송당하는 전봉준 이 사진은 재판받으러 가는 것이라는 견해가 제기되기도 했다.

한반도는 수천 년 동안 농업 사회였다. 농업을 기반으로 하는 국가에서 세금원의 핵심은 두 말 할 것 없이 곡창 지대다. 그런 이유로 곡창 지대에 사는 사람들은 수탈의 대상이 되곤 했고, 자연스럽게 탐관오리들이 들끓었다. 하지만 생존을 위해서는 어쩔 수 없이 많은 사람들이 모여 살 수밖에 없었다. 이러한 인구의 집중 현상은 필연적으로 지주와 소작인이라는 구조를 만들어 냈는데, 특히 한반도에서 가장 넓은 호남평야가 있는 전라도는 오랜 옛날부터 관과 민의 이중 갈등 구조가 형성되어 왔다. 나라에 뜯기고, 탐관오리들에게 뜯기고, 지주에게 뜯기고…… 피골이 상접한 소작인들은 "이렇게 사느니 차라리 죽는 게 낫다."며 분노가 폭발한 것이다. 그게 바로 동학 농민 혁명이다.

— 조정래 선생님의 《황홀한 글 감옥》에서 발췌

여기서 잠시 동학의 명칭에 대해 살펴보자. 동학은 그동안 '동학란', '동학 농민 운동', '동학 농민 전쟁', '동학 농민 혁명' 등으로 불려 왔다. '난亂'은 다분히 지배층의 관점이 드러난 용어이고, '운동運動'은 목표가 명확한 조직적 활동을, '전쟁戰爭'은 목표 달성을 위해 군대 등 강제력이 추가된 조직적 활동을, '혁명革命'은 기존 정권을 무너뜨리고 정권을 장악하는 것을 말한다. 그러므로 삼례 보은 집회는 '운동'이고, 고부 관아 습격은 '민란'이며, 1, 2차 봉기는 '전쟁'이라고 할 수 있겠다. '혁명'은 다분히 민중들의 희망 섞인 명칭이라고 해석할 수 있다.

민중의 영웅으로 살다간 사람들에게는 노래와 관련한 이야기도 많이 남아 있기 마련인데, 전봉준 장군도 예외는 아니다.

목숨을 바침으로써 민초들의 가슴속에, 우리 역사 속에 영원히 남게 된 전봉준 장군. 민중들은 '새야 새야 파랑새야' 같은 민요를 만들어 부름으로써 그를 영원히 기억하고자 하였다. 그래서 '새야 새야 파랑새야'는 우리나라 사람이라면 모르는 이가 없는 너무나 유명한 민요가 되었다. 한때 조수미 등의 성악가들이 가곡으로도 편곡해서 불러 많은 사랑을 받기도 했던 이 노래가 언제 어떻게 해서 만들어졌는지에 대해서 확실하게 밝혀진 바는 없다. 다만 동학 농민 혁명을 주도한 전봉준 장군을 기리는 노래라는 것에는 이견이 거의 없는 듯하다.

새야 새야 파랑새야 녹두밭에 앉지 마라
녹두꽃이 떨어지면 청포장수 울고 간다

새야 새야 파랑새야 녹두밭에 앉은 새야
녹두꽃이 떨어지면 부지깽이 매 맞는다

새야 새야 파랑새야 녹두밭에 앉은 새야
아버지의 넋새보오 엄마 죽은 넋이외다

새야 새야 파랑새야 너는 어이 널라왔니
솔잎댓잎 푸릇푸릇 봄철인가 널라왔지

전봉준 장군은 어렸을 때부터 키가 작았다. 그래서 사람들은 그에게 '녹두'라는 별명을 붙여 주었고, 사람들은 그를 '녹두 장군'이라는 별명으로 부르게 되었다. 그러니 이 노래에서 녹두밭은 당연히 전봉준을 상징하며, 청포 장수는 조선 민중을 상징한다.

그런데 '파랑새'에 대한 해석은 분분하다. 당시 일본군이 푸른색 군복을 입었기 때문에 일본군을 뜻한다는 견해도 있고, 청나라 군사를 뜻한다는 견해도 있다. 또 다른 의견으로는 '파랑새'를 '팔왕설'로 보는 견해도 있다. 전봉준의 '성'인 전全 자를 파자跛字하면 '팔八' 자와 '왕王' 자가 되는데, 이 '팔왕'이 변형되어 '파랑새'가 되었다는 것이다.

'파랑새'에 대한 다양한 해석 중에서 '파랑새'를 '일본군'으로 보고 이 민요를 한번 해석해 보자. 아주 재미있는 상황을 접할 수 있다.

일본군들아 녹두 장군 잡아가지 마라
녹두 장군 죽으면 우리 민중들이 울고 간다

녹두 장군 잡아간 일본군들아
녹두 장군 죽이면 우리가 가만 안 둘 거다

녹두 장군 잡아간 일본군들아

녹두 장군의 죽음은 우리 부모의 죽음과 같이 안타깝다

일본군들아 어이 왔느냐?

청송·녹죽을 보고 봄인 줄 알고 왔느냐?

일본군으로 해석하니 3연까지는 괜찮은데 4연은 조금 이상하다. 그러니 4연의 파랑새는 전봉준 장군으로 해석해야 맞을 것 같다. 4연에서 파랑새를 전봉준 장군으로 해석하면 다음과 같다.

전봉준 장군이여 어이 왔습니까?

청송·녹죽을 보고 봄인 줄 알고 왔습니까?

무엇으로 해석하든 전봉준 장군에 대한 민중들의 지극한 사랑은 쉽게 확인할 수 있다. 당시 동학 농민군의 선언문을 한번 보자.

우리는 징의를 위해 일어섰다. 농민을 도탄에서 건지고 나라를 지켜 튼튼하게 하기 위함이다. 안으로는 부패와 수탈을 일삼는 관리의 목을 베고, 밖으로는 횡포한 외국 침략 세력의 무리를 물리치고자 함이다. 양반과 부자들에게 고통받는 민중들과 권력에 의해 굴욕당하는 사람들도 우리와 같이 원한이 깊은 사람들이므로 조금도 주저하지 말고 일어서라. 가난하고 소외받고 억울한 사람들이 없는 백성의 나라를 건설하자.

역사는 반복된다고 했던가! 이 선언문을 100년 전의 것이 아니라 최근에 나온 것이라고 상상하고 다시 한번 읽어 보자. 조금도 어색하지 않다고 느낄 것이다. 100년이 지났는데도 우리의 현실이 별로 달라지지 않았음에 그저 놀란 가슴을 매만질 뿐이다. 특히 '가난하고 소외받고 억울한 사람들이 없는 나라'라는 대목에서는 가슴마저 울컥해지는 느낌을 참을 수 없다. 100여 년 전에 발표된 선언문인데도 그 내용이 어쩌면 오늘날의 우리 현실과 이리도 흡사한지 참으로 안타까운 마음을 금할 길이 없다.

2011년 말에는 '한-미 FTA'가 많은 국민들의 반대 여론에도 불구하고 날치기로 국회를 통과했다. 농사 지은 논을 스스로 갈아엎을 때의 농민들의 그 처절한 심정을 헤아릴 수 있었다면 날치기에 앞장서지는 않았을 것이다. '한-미 FTA가 체결되면 농사를 지을수록 손해를 보는 구조가 될 것이 뻔하니 누가 더 이상 농사를 지으려고 할까? 그렇다면 우리는 무얼 먹고 살지? 자동차 뜯어 먹고 사나? 반도

체 먹고 사나?' 하는 생각이 끊이지 않는다.

어쨌든 이 민요에는 전봉준을 대장으로 하는 농민군에 대한 민중들의 뜨거운 사랑이 담겨 있다. 이 민요는 아이들 사이에 널리 불렀던 노래이지만, 또한 아이들의 입을 빌린 어른들의 동요라고도 볼 수 있다.

이 민요는 전국에 퍼진 전래 민요인데, 지방마다 가사나 음률이 조금씩 다르다. 다른 지방의 노래를 가사로 한번 음미해 보자.

새야 새야 파랑새야 너 뭣 하러 나왔느냐
솔잎 댓잎 푸릇푸릇 하절인 줄 알았더니
백설이 덜덜 엄동설한이 되었구나 (정읍 지방)

새야 새야 파랑새야 녹두 잎에 앉은 새야
녹두 잎이 깐닥하면 너 죽을 줄 왜 모르니 (평양 지방)

새야 새야 파랑새야 팝죽팝죽 잘 논다만
녹두꽃을 떨구고서 청포장수 부지깽이
맛이 좋다 어서기라 (원주 지방)

윤민석이라는 작곡자가 이 민요를 현대적인 감각으로 편곡하기도 했는데, 그는 2007년 '촛불' 집회 때 많이 불렀던 '대한민국은 민주공화국이다'를 만들었던 음악인이다. 안타깝게도 건강 때문에 현재는 활발한 활동을 못하고 있는데, 다시 건강을 회복해서 좋은 노래들을 만들고 부를 수 있는 날을 기대해 본다.

여기서 전봉준 장군을 소재로 한 현대시 몇 편 더 찾아 읽어 보자. 먼저 조태일 시인의 <내가 아는 시인 한 사람은>이란 시다.

세상엔 벽에 걸 만한
상상의 그림이나 사진들도 흔하겠지만
내가 아는 시인의 방 벽에는
춘하추동, 흑백으로 그린
녹두 장군 초상화만 덜렁 걸려 있다.

세계의 난다 긴다 하는
예술가며 정치가며 사상가며
지 할아버지며 할머니
지 아버지며 어머니,
병아리 같은

지 귀여운 새끼들 얼굴도 흔하겠지만,

내가 아는 시인의 방 벽에는

우리나라 있어온 지 제일로 정 많은 사내

녹두 장군의 당당한 얼굴만

더위도 추위도 잊은 채 덜렁 걸려 있다.

손가락 펴 헤아려 보니 지금부터 80년 전,

농부로서 농부뿐만 아니라

나라와 백성에게 가장 충실해서

일어났다가 역적으로 몰려

전라도 피노리에서 붙들린 몸,

우리나라 관헌과 왜군들의 합작으로

이젠 서울로 끌려가는

들것 위의 녹두 장군.

하늘을 향해 부끄럼 없이 틀어 올린 상투며,

오른쪽 이마엔 별명보다 훨씬 큰 혹,

무명 저고리에 단정히 맨 옷고름,

폭포처럼 몇 가닥 곧게 뻗은 수염,

천릿길을 몸 묶인 채 흔들리며

매섭고 그러나 이젠 자유스런 눈빛으로

산천초목을 끌어안은 녹두 장군.

처음에는 아이들도 무섭다고 무섭다고

에미의 품안을 파고들었다지만,

이젠 스스럼없이 친해져서

저 사람 우리 할아부지다

저 사람 우리 할아부지다

동네 꼬마들을 불러들여 자랑을 일삼는단다.

까짓 것 희미한 자기 혈육 따져 무엇한다더냐

그 녹두 장군을 자기네 집 조상으로 삼는단다.

내가 잘 아는 시인 한 사람은

다음은 안도현 시인의 시다. 우리 시대, 시를 가장 잘 쓰는 시인 중의 한 사람인 안도현 시인을 신춘문예에 당선시켜 문단에 나오게 만든 시가 바로 〈서울로 가는 전봉준〉이란 시다.

눈 내리는 만경들 건너가네

해진 짚신에 상투 하나 떠가네

가는 길 그리운 이 아무도 없네

녹두꽃 자지러지게 피면 돌아올거나

울며 울지 않으며 가는

우리 봉준이

풀잎들이 북향하여 일제히 성긴 머리를 푸네

그 누가 알기나 하리

처음에는 우리 모두 이름 없는 들꽃이었더니

들꽃 중에서도 저 하늘 보기 두려워

그늘 깊은 땅 속으로 젖은 발 내리고 싶어 하던

잔뿌리였더니

그대 떠나기 전에 우리는

목 쉰 그대의 칼집도 찾아주지 못하고

조선 호랑이처럼 모여 울어주지도 못하였네

그보다도 더운 국밥 한 그릇 말아주지 못하였네

못다 한 그 사랑 원망이라도 하듯

속절없이 눈발은 그치지 않고

한 자 세 치 눈 쌓이는 소리까지 들려오나니

그 누가 알기나 하리

겨울이라 꽁꽁 숨어 우는 우리나라 풀뿌리들이

입춘 경칩 지나 수군거리며 봄바람 찾아오면

수천 개의 푸른 기상나팔을 불어제낄 것을

지금은 손발 묶인 저 얼음장 강줄기가

옥빛 대님을 홀연 풀어헤치고

서해로 출렁거리며 쳐들어갈 것을

우리 성상聖上 계옵신 곳 가까이 가서

녹두알 같은 눈물 흘리며 한 목숨 타오르겠네

봉준이 이 사람아

그대 갈 때 누군가 찍은 한 장 사진 속에서

기억하라고 타는 눈빛으로 건네던 말

오늘 나는 알겠네

들꽃들아

그날이 오면 닭 울 때

흰 무명띠 머리에 두르고 동진강 어귀에 모여

척왜척화 척왜척화 물결 소리에

귀를 기울이라

    다음은 신동엽 시인의 〈금강〉, 금강은 서사^{序話}, 본사 26장, 후사 후화로 구성된 4,800여 행의 장시다. 이 작품은 1894년 3월의 동학 혁명에서 시작해서 1913년 3월의 기미 독립 운동, 1960년의 4월 혁명을 하나로 연결하여 과거와 현재를 하나의 연속적인 현실로 일깨우는 분노의 저항시다. 함께 읽어 보자.

    우리들의 어렸을 적

    황토 벗은 고갯마을

    할머니 등에 업혀

    누님과 난, 곧잘

    파랑새 노랠 배웠다.

    울타리마다 담쟁이넌출 익어가고

    밭머리에 수수모감 보일 때면

    어디서라 없이 새 보는 소리가 들린다.

    우이여! 훠어이!

    쇠방울 소리 뿌리면서

    순사의 자전거가 아득한 길을 사라지고

그럴 때면 우리들은 흙토방 아래

가슴 두근거리며

노래 배워 주던 그 양품장수 할머닐 기다렸다.

새야 새야 파랑새야

녹두밭에 앉지 마라

녹두꽃 떨어지면

청포 장수 울고 간다.

잘은 몰랐지만 그 무렵

그 노랜 침장이에게 잡혀가는

노래라 했다.

(중략)

텅 비어 있었다.

조병갑은 어젯밤 벌써

전주로 도망갔고

이속들도 쥐구멍 속 다

숨었다.

옥을 부쉈다.

뼈만 남은 농민들이 기어 나와

관아에 불을 질렀다,

창고를 부쉈다,

석류알 같은 3천 석의

쌀이 썩고 있었다,

무기고를 부쉈다

열한 자루의 일본도

스물두 자루의 양총

6백 발의 탄환이 나왔다,

동학군은 대오를 정돈했다

인원을 점검하니 3천이 늘어서 8천 명,

전봉준을 둘러싼

수뇌진에서는

동학 농민당 선언문을 작성하여

각 고을에 붙였다

(하략)

사람이 곧 하늘이다, 동학

철종이 즉위한 지 11년째 되던 1860년 4월, 최제우가 창건한 종교가 바로 '동학'이다. '동학'이란 서교西敎(천주교)의 도래에 대항하여 동쪽 나라인 우리나라의 도를 일으킨다는 뜻에서 붙인 이름이다. 1905년에 손병희에 의해 천도교로 개칭되었다.

동학 사상의 핵심은 '시천주侍天主'로, '한울님'을 모시면 누구나 놀라운 힘을 발휘할 수 있고 모든 일을 훤히 알 수 있다는 것. 시천주의 개념은 주술적인 민간 신앙에 뿌리를 둔 우리 민족 고유의 정서를 바탕으로 한 것으로 볼 수도 있겠다.

동학은 유교나 불교를 전면적으로 부정하지는 않았지만 이미 그 운이 다한 것으로 파악했다. 한편 지배층이 위정척사衛正斥邪를 강조하며 서양을 오랑캐로 파악한 것과는 달리 최제우는 서양을 현실적으로 바라보았고, 일본에 대해서는 강한 적개심을 가지고 있었다. 또한 왕조를 포함한 양반 질서는 고정불변의 것이 아니라 언제든 바뀔 수 있다고 주장하면서 뒷날 언젠가는 이 땅에 지상 천국이 건설된다는 후천개벽後天開闢을 주장했다. 한편 적서嫡庶나 반상班常의 구별 없이 누구나 천주를 마음에 모시면 신분에 관계없이 군자가 된다고 하여 만민 평등을 기본으로 하는 인간관을 보여 주었다.

동학이 처음 만들어질 무렵에는 내 몸에 천주한울님를 모시는 시천주 신앙을 중심으로 했고, 2대 교주 최시형 때에는 '사람 섬기기를 한울같이 한다事人如天'

동학의 경전인 《동경대전》.

는 가르침으로 발전하게 되었다. 3대 손병희에 이르러서는 '사람이 곧 한울'이라는 '인내천人乃天' 사상으로 발전했다.

동학의 의의는 양반 사회의 해체기에 농민 대중의 종교가 된 점이다. 그러니 동학 사상과 동학 운동은 당연히 반왕조적인 사회 개혁 운동의 성격을 띨 수밖에 없었다. 이 시기는 양반 사회의 신분 차별에 대한 서민들의 불만이 점점 커지고 있었고 국정의 문란으로 민생이 도탄에 빠졌으며, 홍수, 지진, 역병 등이 만연하여 전국적인 농민 민란의 시기에 접어든 때였다. 또 이양선異樣船이 출현하고 서학이 전래되어 왕조 질서에 동요가 생긴 때였다. 이런 시기에 동학에 대해 적극적으로 공감하는 이들이 많이 나왔다는 것은 어쩌면 당연한 일이다.

동학의 교세가 날로 커지자 조정에서는 동학이 서학과 같이 민심을 현혹시켰다고 하여 나라가 금하는 종교로 규정하여 금지시켰다. 결국 교조 최제우는 추종자들과 함께 붙잡혀 서울로 압송되었다가 1864년 봄, 대구 감영에서 혹세무민惑世誣民 죄로 사형에 처해지고 말았다.

2장

개화기 풍경

국어 선생님의 한국 근대사 강의 외세에 의해 강요된 개화

척화비

서양 세력이 조선에 몰려오던 시기에 집권한 흥선 대원군은 열강의
통상 요구를 거부하고, 외세의 침투를 막기 위하여 국방력을 강화했
다. 특히 프랑스와 미국의 침공을 격퇴한 흥선 대원군은 외세 배격
정책을 더욱 강화했고, 서울 종로를 비롯해 전국 각지에 척화비를
세웠다. 다음은 척화비에 새겼던 내용이다.

　　서양 오랑캐가 침범했을 때
　　싸우지 않는 것은 곧 화의하는 것이요,
　　화의를 주장하는 것은 곧 나라를 파는 것이다.
　　이를 자손만대에 경계하노라.

병인년에 비문을 짓고, 신미년에 비석을 세운다.

洋夷侵犯 양이침범
非戰則和 비전즉화
主和賣國 주화매국
戒我萬年子孫 계아만년자손
丙寅作辛未立 병인작신미립

　서양 오랑캐가 쳐들어왔는데 싸우지 않는 것은 곧 나라를 팔아먹는 일과 같다는 내용이다. 이를 '위정척사 운동'이라고 하는데, 1860년대에 일어난 이 운동은 서양의 통상 요구에 반대하고, 서양의 무력 침공에 맞서 싸우자는 '척화 주전론'을 내세웠다. 흥선 대원군이 주도한 이와 같은 정책을 소위 '쇄국 정책'이라고도 한다.

　삼국 시대나 고려 시대에 외국과 활발한 교역을 맺었던 우리나라는 조선 시대에 와서는 대체로 쇄국 정책을 고수했고,

사대교린 큰 나라를 받들어 섬기고 이웃 나라와는 화평하게 지냄.

중국과 일본 두 나라와만 사대교린* 정책을 시행했다. 그러다가 조선 말기에 서구 열강이 문호 개방을 요구해 오자 쇄국 정책의 분위기는 더욱 완강해졌다. 이 과정에서 천주교도들은 외세를 끌어들인 앞

집이로 몰려 가혹한 탄압을 당했는데, 정부는 조선인 천주교도들뿐 아니라 프랑스 인 신부까지 처형했다. 이에 항의하는 뜻으로 프랑스는 함대를 파견하여

제너럴셔먼 호 사건 미국 상선 제너럴셔먼 호가 대동강을 거슬러 평양으로 들어와 통상을 요구하다가 거절당하자 난동을 부린 사건 .

조선을 침략하였는데, 이것을 '병인양요'라고 한다. 한편 1871년에는 제너럴셔먼 호 사건*을 빌미로 조선을 개항시키고자 미국의 아시아 함대 사령관 로저스가 군함 5척을 이끌고 강화도를 침략했는데, 이것을 '신미양요'라고 한다. 이 두 차례의 양요를 비교적 성공적으로 물리친 대원군은 외세에 대한 자신감을 바탕으로 쇄국 정책을 공고히 하고자 전국에 척화비를 세웠다.

그러나 이러한 쇄국 정책도 오래 가지 못했다. 대원군이 물러나고 고종의 친정이 시작된 틈을 타 일본은 1875년 '운요 호 사건'을 일으켰는데, 1876년에는 강제로 조일 수호 조규^{강화도 조약}를 체결했다. 이로써 쇄국 정책은 종지부를 찍고 조선은 아무런 준비도 없이 세계의 강대국 앞에 무방비 상태로 노출되고 말았다.

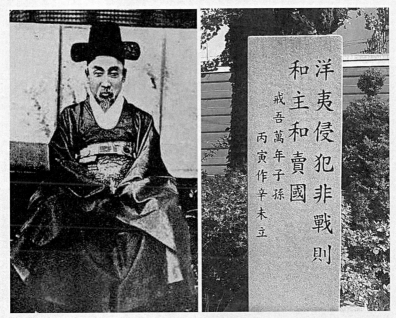

흥선 대원군(왼쪽)과 척화비.

흥선 대원군 이하응은 1820년 영조의 고손자인 남연군 이구의 넷째 아들로 태어났으며, 1843년에 흥선군에 봉해졌다. 그는 왕족이었지만 안동 김씨의 세도정치 밑에서 불우한 시절을 보낼 수밖에 없었다. 당시 세도가였던 안동 김씨의 세도로부터 살아남기 위해 불량배와 어울리며 거지처럼 구걸 행세를 하며 살았다. 미친 척하는 행동으로 안동 김씨들의 감시에서 벗어날 수 있었던 이하응은 당시 임금이었던 철종에게 아들이 없자, 대왕대비인 신정왕후 조씨와 만나 둘째 아들인 명복^{고종}을 후계자로 삼겠다는 약속을 받아냈다. 이윽고 1863년에 철종이 죽자 신정왕후 조씨에 의해 고종이 왕위에 오르게 되었다. 이하응도 임금의 아버지인 대원군이 되었는데, 어린 고종을 대신해 나라를 다스린 대원군은 먼저 안동 김씨 세력을 몰아내고 당파를 초월해 인재를 등용하는 등 개혁 정책을 펼쳤다. 부패한 관리들을 몰아냈고, 국가 재정을 낭비하고 당쟁의 원인이 된다고 생각한 서원을 없애 버렸으며, 관리와 백성들의 사치와 낭비를 막고 양반과 상민의 구별 없이 세금을 거뒀들였다. 또한 왕실의 위엄을 나타내기 위해 경복궁을 고쳐 지었고, 서양 강대국이 우리나라에 들어오는 것을 철저히 막았다.

경복궁 타령

고종이 즉위하자 흥선 대원군은 임진왜란 이후 강화되어 세도 정치가들의 권력을 유지하는 기반이 되었던 비변사를 폐지했다. 또한 폐단이 많았던 서원을 철폐하고, 환곡 제도를 지방 자치에 맡기는 등 개혁을 단행함으로써 백성들의 열렬한 환영을 받았다. 또한 왕실의 위엄과 권위를 세우기 위해 경복궁을 중건하려고 했다. 대원군은 나라의 기틀을 확립하려면 먼저 경복궁을 복원해야 한다고 생각했고, 곧바로 경복궁 중건에 착수하였다.

경복궁 중건은 공사 착공 당시의 반대 여론에도 불구하고 원납전이라는 기부금과 백성들의 부역을 통해 무리 없이 진행되는 것같이 보였다. 그런데 공사가 진행되면서 폐단이 나타나기 시작했다. 목재

오늘날의 경복궁(위)과 근대의 경복궁

경복궁은 임진왜란 때 불에 탄 적이 있었는데, 일설에는 불을 지른 자는 일본군이 아니라 우리 백성들이라고도 한다. 당시 왕이었던 선조는 백성들의 생사는 아랑곳하지 않고 경복궁을 버리고 의주로 피난을 가버렸기에 이에 화가 난 백성들이 경복궁에 불을 질러 버렸다는 것이다. 그 후 경복궁은 대원군 때까지도 불 탄 채로 그대로 남로 남아 있었다.

를 충당하기 위해 왕릉의 목재를 베어 올 정도로 자재 수급에 어려움이 있었고, 부족한 공사비를 염출하기 위해 당백전을 발행하여 물가가 올라 백성들의 삶이 어려워졌다. 그럼에도 불구하고 대원군은 공사를 강행하여 1868년에 경복궁을 완성하였다.

경복궁은 그렇게 완성되었으나 그 일로 인해 흥선 대원군은 많은 사람들의 원망을 샀으며, 조정의 경제적 타격도 막심하여 대원군이 몰락하는 원인이 되었다. 강제 부역에다가 돈까지 바쳐야 했던 백성들의 나라에 대한 원망은 하늘을 찔렀다. 예나 지금이나 백성들의 뜻을 거스르는 위정자들의 최후는 불을 보듯 뻔하다.

당시 상황을 잘 드러낸 〈경복궁 타령〉을 보자.

에헤, 남문을 열고 파루*를 치니 계명산천이 밝아온다
에헤 에헤 어랴 얼럴럴거리고 방아로다 에헤

을축 사월 갑자일에 경복궁을 이룩일세
에헤 에헤 어랴 얼럴럴거리고 방아로다 에헤

* 파루 조선 시대에, 서울에서 통행 금지를 해제하기 위하여 오경에 종각의 종을 서른세 번 치던 일.

우리나라 좋은 나무는 경복궁 중건에 다 들어간다

에헤 에헤 어랴 얼럴럴거리고 방아로다 에헤

도편수*의 거동을 봐라 먹통*을 들구선 갈팡질팡한다

에헤 에헤 어랴 얼럴럴거리고 방아로다 에헤

조선 여덟도 유명 탄 돌은 경복궁 짓는데 주춧돌감이로다

에헤 에헤 어랴 얼럴럴거리고 방아로다

근정전을 드높게 짓고 만조백관이 조하를 드리네

에헤 에헤 어랴 얼럴럴거리고 방아로다

이밖에도 경복궁 타령은 여러 개가 더 있는데, 앞에서 본 경복궁 타령이 많이 알려져 있다. 다음에 볼 경복궁 타령에도 그 당시의 비참한 백성들의 현실이 잘 나타나 있다. 한번 읽어 보자.

에 – 에헤이야 얼널널거리고 방에홍애로다

*도편수 집을 지을 때 책임을 지고 일을 지휘하는 우두머리 목수.
*먹통 목공이나 석공이 먹줄을 치는 데 쓰는, 나무로 만든 그릇.

을축년 4월 초3일에 경복궁 새 대궐 짓는데 헛방아 찧는 소리다

조선의 여덟도 좋다는 나무는 경복궁 짓노라 다 들어간다

남문 밖에 떡장수들아

한 개를 베어도 큼직큼직 베어라

남문 밖에 막걸리 장수야

한 잔을 걸러도 큰애기 솜씨로 걸러라

에 – 나 떠난다고 네가 통곡 말고 나 다녀올 동안

네가 수절을 하여라

에 – 인생을 살면 몇 백 년 사나 생전 시절에 맘대로 노세

남문 열고 바라 둥당 치니 계명산천에 달이 살짝 밝았네

경복궁 역사가 언제나 끝나 그리던 가족을 만나 볼까

김옥균

달은 비록 작으나

달은 비록 작으나　　　　月雖小월수소

온 천하를 비친다.　　　　照天下조천하

이 시는 김옥균이 5살 때 지은 것으로, 어린 시절부터 천재성이 있었음을 잘 알려 주는 시다. 그가 시를 짓던 그 시절로 돌아가 보자.

시골 동네 마당에 모인 어른들이 저녁에 둘러앉아 한담을 나누고 있었다. 이때 한 아버지가 다섯 살 된 아들에게 달을 가리키며 글을 지어 보라고 했다. 이 어린이는 지체하지 않고 '月雖小 照天下월수소 조천하'라고 시를 지었다. "달은 비록 작으나 온 천하를 비진나."는 뜻이다. 동네 어른들은 깜짝 놀랐다.

이 어린이가 바로 훗날 갑신정변을 일으킨 김옥균이다. 그는 다섯 살 때 지은 시의 내용 대로, 훗날 비록 3일뿐이긴 했지만, 잠시 천하 를 호령하기도 했다.

김옥균은 충청남도 공주시 정안면에서 안동 김씨 가문의 장남으로 태어났다. 태어날 때부터 얼굴이 백옥같이 맑고 아름다워 이름 도 '옥균'이라고 지었다고 한다. 2살 때에 말을 시작하고 글을 배웠으며, 3~4세 때에 이르러서는 부모의 말동무를 할 정도로 똑똑했다고 한다. 그러나 집은 곤궁하여, 6세 때 부친의 사촌 형제인 세도가 김병기의 양자가 되어 서울로 올라갔다. 그는 시뿐만 아니라 서화에 탁월한 재질을 보였고, 뛰어난 학식 등으로 곧 이름이 널리 알려졌다. 경서는 물론 가무에도 능해 당시 서울의 양반 자제들은 모두 그를 매우 흠모했다고 한다.

그는 1872년 문과에 장원으로 급제하여 관료로서 출세의 길이 열렸다. 이렇듯 김옥균은 30세 전에 이미 유망한 청년 정치가로서 두각을 나타내면서 나라의 근대적 변혁을 위한 새로운 세력, 즉 개화 파의 중심 인물로 자리 잡았다. 특히 그는 봉건적 신분제를 뛰어넘어 모든 사람들을 평등하게 대했기 때문에 신분을 초월해 각계각층의 사람들이 모두 그를 따랐다고 한다.

그런 그에게 사상적으로 큰 영향을 끼친 인물이 두 명 있는데, 중인 출신의 유대치와 오경석이다. 이들은 통역관으로 외국 문물을 일찍 접하고 개화 사상가가 된 인물들이다. 김옥균은 또 초기 개화 운동의 실질적 중심 인물이었던 양반 출신인 연암 박지원의 손자 박규수로부터도

갑신정변의 주역들 왼쪽부터 박영효, 서광범, 서재필, 김옥균이다. 한편 김옥균은 박영효와 함께 국기의 필요성을 인식해 태극사괘로 '태극기'를 고안해서, 1883년에 우리나라 국기로 공표하기도 했다. 어쨌든 풍운아 김옥균의 삶은 참으로 파란만장했다.

큰 영향을 받았다. 김옥균은 이들이 가져온 서적을 탐독했으며, 그 뒤 박영효, 서광범, 홍영식 등과 함께 개화당을 만들었다. 1881년에는 신사 유람단의 일행으로 박정양, 홍영식 등과 함께 일본을 시찰했고, 이때 일본의 힘을 빌려 국가 제도의 개혁을 꾀할 결심을 굳혔다. 당시 조선의 개화파들을 비롯한 아시아의 개혁파들에게 메이지 유신으로 발전한 일본은 개혁의 본보기였기 때문이다.

김옥균은 조선의 종주국인 청나라의 내정 간섭에 매우 비판적이었다. 조선의 자주권을 확립하려면 국방력을 키우는 것이 중요하다고 믿었던 그는 일본으로 건너가 개화 사업에 필요한 차관을 얻으려 하였으나, 명성황후 세력과 묄렌도르프의 방해로 실패하고 빈손으로 귀국하였다. 이때부터 민비 세력과의 갈등과 알력이 극에 달하게 되었다. 이후 인민 평등, 문호 개방 등 개혁을 단행할 것을 주장하였고, 1884년 보수파 사대당인 민씨 일파를 후원하는 청나라가 안남 문제로 고민하고 있는 틈을 타서 갑신정변을 일으켰다.

1884년 10월 17일 오후 7시 서울 전동에서 새로 신축한 우정국 낙성연이 있었다. 신축연에는 우정국 총판 홍영식, 김옥균, 박영효, 서광범 등 개화파 요인들과 제거 대상이던 수구파 인물인 민영익, 한규직, 민병석 등과 미국 공사, 영국 총영사 등 모두 18명이 참석했다. 여기서 김옥균 등은 사대당의 중심 인물들을 제거했는데, 이를 갑신정변이라고 한다.

그러나 청나라 군대의 개입으로 인해 갑신정변은 삼일천하로 끝나 버렸고, 김옥균은 일본으로 망명했다. 국내에서는 갑신정변에 대한 무자비한 박해가 시작되었고, 정변에 관계한 사람들은 '대역죄인'이라는 이름으로 닥치는 대로 처형되었다. 이때 김옥균의 생부, 생모를 비롯한 가족들도 모두 잔인하게 희생되었다.

망명객 김옥균은 '이와타 슈사쿠'란 이름으로 10년 간 일본 각지를 방랑하다가 1894년 3월 청나라 상해로 건너갔는데, 상해 동화양행 호텔에서 조선 정부가 보낸 홍종우에게 리볼버 권총으로 살해됨으로써 그의 삶은 비극적으로 끝나고 말았다. 그 후 그의 유해는 조선으로 옮겨졌는데, 양화진에서 시체가 찢기는 극형인 능지처참을 당했고, 머리는 전국에 효수된 후 실종되었다고 한다. 일본 도쿄 아오야마 공원 묘지의 외국인 묘역에 그의 머리털 일부와 옷을 묻은 무덤이 있다고 알려져 있다.

　사실 김옥균에 대한 역사적 평가는 오늘날까지 확실히 정립돼 있지 못한 상태다. 남한에서는 김옥균에 대한 평가가 우호적이지 않은데 비해, 북한에서는 그에 대해 칭찬을 아끼지 않고 있다. 북한의 대표적 역사학자인 김석형은, '김옥균은 탁월한 정치가로서 국가의 자주권 수호를 위해 자신의 전 생애를 바친 고결한 애국자'라고 평하고 있고, 갑신정변에 대해서도 '우리나라 첫 부르주아 개혁 시도로, 조선 근세 역사에 빛나는 자리를 차지한다.'면서 김옥균에 대해 극찬을 아끼지 않고 있다.

애국가

'애국가' 하면 누구나 '동해물과 백두산이 마르고 닳도록'으로 시작하는 애국가를 떠올린다. 보통 텔레비전 정규 방송이 끝날 때나 국가대표 운동 경기가 있을 때에 부르는 지금의 애국가 말고도 다른 애국가가 있었다는 것을 알고 있는 사람은 그리 많지 않을 것이다.

　다음에 만나 볼 애국가는 이필균의 애국가이다. 대부분의 문학 교과서에 실려 있는 이 노래는 개화 가사 중 가장 널리 알려진 노래이다.

　아셰아에 대조션이 즈쥬 독립 분명ᄒ다.
　(합가) 이야에야 익국ᄒ셰 나라 위ᄒ 죽어 보셰.

분골ᄒ고 쇄신토록 충군ᄒ고 이국ᄒ세.

(합가) 우리 정부 놉혀 주고 우리 군면 도와 주세.

깁흔 잠*을 어셔 ᄭᅵ여 부국강병富國强兵 진보ᄒ세.

(합가) 놈의 쳔딕 밧게 되니 후회막급 업시ᄒ세.

합심ᄒ고 일심 돼야 서세 동졈西勢東漸* 막아 보세.

(합가) ᄉᆞ롱공샹士農工商 진력ᄒ야 사름마다 ᄌᆞ유ᄒ셰.

남녀 업시 입학ᄒ야 세계 학식 비화 보자.

(합가) 교육히야 키화되고, 키화히야 사름되네.

팔괘 국긔八卦國旗 놉히 달아 륙ᄃᆡ쥬에 횡ᄒᆡᆼᄒ세.

(합가) 산이 놉고 물이 깁게 우리 ᄆᆞ음 밍셰ᄒ세.

낙관적 희망과 비관적 위기의식이 동시에 잘 나타나 있는 이 노래

* 깁흔 잠 새로운 문물과 사조를 깨우치지 못하고 고루하고 폐쇄적인 봉건 의식에 빠져 있는 상태.
* 서세 동점 서세동점西勢東漸. 서구 열강의 동양 침략.

는 외세에 맞서면서 자주적인 근대 민족 국가를 수립하자고 역설하고 있다. 또한 이 노래는 청유형 어미를 각 연에서 반복함으로써 예술적 형상화보다는 계몽적, 교훈적 성격을 두드러지게 나타내고 있는데, '잠을 깨자, 서세 동점西勢東漸을 막자, 자유하자, 세계 학식 배워 보자, 개화하자, 육대주에 횡행하자'면서 온 국민의 참여를 간절하게 외치고 있다. 이 노래에는 개화 의식을 고취하는 것뿐만 아니라 외세의 침략을 경계해야 한다는 내용까지 담고 있다.

이 노래의 또 다른 특징은 '합가合歌' 부분인데, 한 사람이 선창을 하면 여러 명이 합창으로 후창을 하는 형식이지만, 각 연마다 다른 내용으로 되어 있어서 오늘날의 후렴구와는 약간 다르다. 개화기 가사의 특징이면서 전통 가사의 율격인 4·4조를 그대로 답습하고 있고, 2행 1연의 대구 형식을 취하고 있다. 이러한 전통 형식의 답습은 창가가 내용상으로는 개화기의 새로운 의욕을 담고 있지만, 형식상으로 볼 때는 새로운 형식을 준비할 여유가 없었던 과도기적 상황의 산물이라고도 할 수 있다.

여기서 애국가를 하나 더 만나 보자. 바로 '대한 제국 애국가'인데, 고종 때 광무개혁*의 일환으로 만들어졌다는 이 노래는 1902년 8월 15일에 정식으로 제정·

광무개혁 1897년 성립된 대한 제국이 완전한 자주적 독립권을 지켜 나가기 위해서 러일 전쟁이 일어난 1904년까지 열강의 세력 균형기에 자주적으로 단행한 내정개혁.

공포되었고, 1904년 5월 각 학교에 배포해 가르쳤다고 한다. 이 애국
가로 이전에 창가 형태로 불렸던 여러 종류의 애국가가 하나로 정리
된 셈이다. 작곡자는 한국 최초의 서양식 군악대에 지휘자로 초빙된
독일인 에케르트다.

> 상제上帝난 황제皇帝를 도으소서
>
> 성수무강聖壽無疆샤 해옥주海屋籌를 산山갓치 쓰으소셔
>
> 위권威權이 환영寰瀛에 떨치샤
>
> 오천만세敖千萬歲에 복록福祿이 무궁無窮케 소셔
>
> 상제上帝난 우리 황제皇帝를 도으소셔.
>
> 하느님은 우리 황제를 도우사.
>
> 만수무강하사 큰 수명의 수를 산같이 쌓으시고.
>
> 위엄과 권세를 천하에 떨치사
>
> 오천만세에 기쁨과 즐거움이 날로 새롭게 하소서
>
> 하느님은 우리 황제를 도우소서

대부분의 애국가처럼 임금에 대한 충성을 노래하고 있는 이 애국
가는 제정·공포된 해에 "애국가를 부름으로써 우리 군인들은 나라
에 충성심을 불러일으키리라."는 민영환의 취지문을 함께 실어 인쇄

하여 우방 50여 개국에 배포되었다. 그러나 한일 병합[1910년]이 되면서 이 '대한 제국 애국가'는 일제에 의해 금지곡이 되었다.

여기서 잠깐 '대한 제국'에 대해 알아보자. 대한 제국은 1897년 10월 12일부터 1910년 8월 29일까지의 우리나라 이름이다. 갑신정변[1884년]을 계기로 개화당은 국왕의 지위를 중국의 황제와 대등한 지위로 올리려고 했다. 그래서 우선 용어를 바꿔 군주를 '대군주'로, 전하를 '폐하'로 높여 불렀고, 명령을 '칙', 국왕 자신의 호칭은 '짐'으로 부르도록 했다. 이러한 노력은 결국 갑신정변의 실패로 중단되었지만, 갑오개혁[1894년] 때 중국의 연호를 폐지하고 개국기년을 사용함으로써 1896년 1월부터 연호를 '건양'으로 정했다. 이러한 조치들은 일본의 반대로 무산되었고, 같은 해 2월 아관파천으로 중단되고 말았다.

고종 대한 제국의 모델이 된 프러시아식의 군주 복장을 하고 있다.

고종이 환궁[1897년 2월]한 후 독립 협회와 일부 수구파가 연합하여 칭제건원稱帝建元을 추진, 연호를 광무로 고치고[1897년 8월], 환구단을 세웠으며1897년 9월, 황제 즉위식 1897년 10월을 올림으로써 대한 제국이 성립되었다. 그러나 을사조약1905년 11월 17일으로 외교권을 빼앗기고, 한일 병합 조약이 공포1910년 8월 29일됨으로써 대한 제국은 역사 속으로 사라지고 말았고, 국호도 다시 조선으로 바뀌었다. 그 후 일제 강점기를 거쳐 1948년 남과 북에 각각 대한민국과 조선 민주주의 인민공화국을 수립하면서 각자 다른 노래를 국가로 선정했고, '대한 제국 애국가'는 역사 속으로 사라지고 말았다.

에케르트 1903년 정부로부터 '대한 제국 국가의 작곡과 음악 교육에 대한 공로'로 훈장을 받았다.

작자 미상

가요 풍송 歌謠諷誦

가요 풍송? 제목부디 예사롭지 않다. 개화 가사의 하나인 이 작품
은 일제의 침략 정책에 의해 위태로운 대한 제국을 염려하면서, 국
채 보상 운동과 군대 해산이라는 당대의 주요한 사건을 바탕으로,
세상일에는 무관심하면서 개인의 안락만을 좇는 정부 관료들을 비
판 · 풍자하고 있다.

떠 잇고나 떠 잇고나 대한 강산大韓 江山 떠 잇고나.

광부匡扶 대수大手* 누구런고, 산령山靈 수신水神 통곡痛哭하며

옥황玉皇 상제上帝 호소呼訴하니 감응지리感應之理* 업슬손가.

* 광부 대수匡扶大手 : 바로잡아 붙잡는 큰 손.

애고지고 흥

반갑도다 반갑도다 대한大韓 민심民心 반갑도다.

팔역八域이 정비鼎沸*하되 국채國債 보상報償 열심熱心하야

지금도 육속陸續*하니 애국성愛國誠이 감사感謝하다.

애고지고 흥

우지 마라 우지 마라 해산解散 장졸將卒 우지 마라

징병령徵兵令을 실시實施하면 설치雪恥*은번 아니 될까.

애고지고 흥

놀고 가세 놀고 가세 각부各部 대신大臣 놀고 가세.

귀쏙말이 비밀秘密하니 다회茶會 만찬晩餐 자미*로다.

세상사世上事는 하여何如턴지 일신一身안락安樂 제일第一인가.

* 감응지리感應之理 믿는 마음이 통하여 산령 수신이나 옥황상제가 반응하는 이치.
* 정비鼎沸 '솥의 물이 끓는다.'는 뜻으로, 요란하고 혼잡함을 이르는 말.
* 육속陸續 계속하여 끊이지 않음.
* 설치雪恥 상대를 이김으로써 지난번 패배의 부끄러움을 씻고 명예를 되찾는 것. 설
욕雪辱, 세설洗雪.
* 자미滋味 ① 자양분이 많고 좋은 맛. 또는 그러한 음식. ②'재미'의 원말.

애고지고 홍

한자가 많으니 역시 쉽지 않다. 쉬운 지금 말로 한번 풀어 보자.

떠 있구나. 떠 있구나. 대한 제국의 강산이 떠 있구나.

바로잡아 돕는 큰 손이 누구이던가? 산신령과 물의 신에게 통곡
하며 옥황상제에게 호소하니 (산의 신, 물의 신, 옥황상제에게) 감
응하는 이치가 없을 것인가?

반갑구나. 반갑구나. 대한 제국의 민심이 반갑구나.

온 나라 안이 요란하고 혼잡하되 국가가 지고 있는 빚을 갚자는
운동을 열심히 하여

지금까지도 끊어지지 않고 계속되고 있으니 애국하는 정성이 감
사하다.

울지 마라. 울지 마라. 해산 당한 장수와 병졸들은 울지 마라.

징병령을 실시하면 부끄러움을 씻고 명예를 되찾는 것이 되지
아니하겠는가?

놀고 가세. 놀고 가세. 각 부의 대신들 놀고 가세.

귓속말로 비밀 얘기하니 차를 마시는 모임과 저녁 식사 모임이

재미로구나.

세상의 일은 어떠하든지 자기 한 몸이 편하고 즐거운 것이 제일

인가?

1연에서는 옥황상제에게 호소하면 우리나라를 도와줄 것이라고

노래했고, 2연에서는 국채 보상 운동을, 3연에서는 군대 해산 문제

를 노래하고 있다. 국채 보상 운동은 지금도 계속되고 있으니 열심

히해야 한다면서, 해산된 군인들에게 슬퍼하지 말라고 위로하고 있

다. 그러면서 일본 제국주의에는 적대감을 드러내고 있고, 특히 4연

에서는 일제에 매국하는 정부 관료를 비판·풍자하고 있다.

개화 가사는 주로 <대한매일신보>의 '사회등' 난에 실렸는데, 형

식면에서는 전통 가사의 운율인 4·4조, 4음보의 형식을 이어 받았

다. 또한 내용면에서는 일본의 식민 정책과 그 추종 세력에 대항하

는 강력한 저항 정신을 바탕으로, 당시의 문제들을 풍자하거나 인습

을 타파하고 서구 문화를 도입해야 한다는 등의 계몽적인 성향을 보

이고 있다.

백두산 일기

남아의 벼슬길 모두가 어려우나
이 먼 곳 유람할 줄 어찌 생각했을 소냐
적막한 산 삼백 리에 눈만 첩첩 쌓였는데
오경에 말을 몰아 산봉우리 오르노라

토문감계사土門勘界使였던 이중하의 '백두산 일기' 중에서 발췌한 내용이다. 토문감계사란 요즘으로 말하면 '국경회담 대표'라고 할 수 있는데, 이중하는 두만강을 국경선으로 확정해 간도를 차지하려는 청나라의 강압적인 태도에 목숨을 걸고 맞섰던 인물이다. 그러나 우리 민족사에서 대단히 중요한 인물임에도 불구하고, 그는 일제 강

백두산 경계비白頭山 境界碑 1712년^{숙종 38} 백두산에 세운 조선과 청나라 사이의 경계비. 정계비라고도 한다. 백두산이 청나라의 발상지라며 그 귀속을 주장하던 청나라는 사신을 보내 국경 문제를 해결하자는 연락을 하고는 거의 일방적으로 정계비를 세웠다. 그 뒤 1881년^{고종 18} 청나라에서 간도 개척에 착수하자 조선은 정계비를 조사하게 하고, 안변부사 이중하를 보내 조선의 영토임을 주장했다. 그러나 청은 계속 토문^{土門}이 두만강이라고 주장하여 아무런 해결을 보지 못했다. 토문강을 송화강 지류로 해석하면 간도를 포함한 만주 일대가 조선의 영토가 되고, 두만강으로 해석하면 그 이북이 청나라 땅이 되는 것인데, 만주사변 때 일제가 이 비를 철거해 버렸다.

백두산 일기 1885년 8월 토문감계사로 임명된 이중하가 중국 측 대표들과 함께 백두산 정계비와 토문강 발원처를 조사한 기록으로, 사료적 가치가 크다. 1870년대에 들어와 청나라는 뒤늦게 간도 지역에 대한 지정학적 중요성을 깨닫고, 오래전부터 이 지역에 들어와 농토를 개간하고 인삼을 채취하며 살아가던 조선인들에 대한 통제를 강화했다. 특히 1882년 임오군란 이후 우리 내정에 깊이 간섭하게 된 청은, 간도 거주 조선인들에게 호적을 작성하게 하고 조세를 징수하는 등 자국민에 적용하는 권리를 행사하겠다면서, 1883년 토문강 일대 정착 조선인들을 조선 경계 안으로 강제로 내쫓겠다고 통보했다. 이 지역에 대한 영토권을 행사하겠다는 선언이었다. 이러한 청나라 조치에 대해 간도 거주 조선인들은, 청이 국경선의 경계로 정한 토문강을 두만강으로 오인하고 있다고 항의하는 한편, 직접 정계비와 토문강을 답사하여 그 실상을 경원부사에게 호소했다. 결국 간도 영유권 분쟁은, 1712년 청과 조선이 함께 백두산 일대에 대해 조사하고 그 경계를 비석에 새긴 백두산 정계비의 문구, 즉 '토문'이 청나라 주장대로 두만강을 의미하는가, 아니면 우리 측 주장대로 송화강 상류의 토문강을 의미하는가로 모아졌고, 이에 백두산 정계비와 토문강 발원처 조사를 제의했다. 이중하의 이 일기에는 우리 측 감계관과 중국 측 감계관이 함께 백두산 정계비를 답사하고 그 발원처를 확인하는 과정이 자세하게 기록되어 있다.

점기의 암울한 역사를 거치면서 잊힌 인물이 되고 말았다. 박경리 선생도 '이미 나라의 지배 밖으로 떠난 유민들의 터전을 지켜 주기 위하여 목을 내걸고 항쟁한 의인'으로 평한 적이 있는 이중하에 대해 좀 더 알아보자.

함경도 안변부사였던 이중하는 1885년 조정으로부터 감계사로 임명받았다. 두만강 이북 지역에 조선 유민들이 늘어나자 청나라는 이남으로 내려가든지 청나라 백성이 되든지 양자택일을 하라고 강요하는 한편, 두만강을 국경선으로 확정하기 위해 조선 정부에 외교문서를 보내 감계담판^{국경회담}을 촉구했다.

이에 조정에서는 이중하를 회담 대표로 보냈는데, 이 회담^{국경회담}에서 그는 1712년 백두산정계비에 나타난 "서위 압록, 동위 토문^{西爲 鴨綠, 東爲土門 : 서쪽은 압록강을 경계로 하며 동쪽은 토문강을 경계로 한다.}"의 토문강은 두만강이 아니라 북쪽으로 흘러가는 송화강의 지류라고 주장했다. 또 이중하는 청나라 측 대표들과 백두산 정계비를 답사했는데, 논란의 중심에 있었던 강의 물줄기를 직접 조사했다. 그 결과 백두산 정계비 인근에는 압록강과 송화강 지류의 물줄기가 위치해 있었고, 백두산 정계비와 송화강 지류 사이에는 문헌에 나타난 대로 나무, 돌, 울타리가 쳐져 있었다는 것을 확인하였다. 이 답사로써 청나라의 주장이 억지라는 게 판명되었다.

이때 있었던 일화 한 가지.

　답사 도중 청나라 대표 중 한 사람이 복통으로 신음하고 있었는데, 이것을 본 이중하는 미리 준비해 간 환약을 써 보라고 주었다. 그런데 이중하가 준 약을 먹은 사람은 그 후 복통이 더욱 심해졌고, 청나라 대표는 자기를 죽이기 위해 독약을 준 것이라고 생각하여 이중하를 흉기로 위협했다. 이때 이중하는 청나라 대표가 보는 앞에서 남은 약을 모두 자기 입에 털어 넣었다. 그래도 아무 일이 없었을 뿐만 아니라 다음 날 아침 복통마저 가라앉자 청나라 대표는 이중하에게 정중하게 사과했다.

　그런 일이 있은 지 2년 후, 청나라의 요구로 다시 열게 된 회담에 감계사로 임명받은 이중하는 '내 머리를 자를 수는 있으나 강역은 줄일 수 없다.'면서, 자신의 목을 내놓겠다는 말로 청나라의 요구를 묵살했다. 이중하는 당시의 협상 내용을 상세하게 일기로 남겼는데, 그게 바로 〈감계일기〉, 〈감계전말〉이라는 글이다. 이 글은 간도 영유권 주장에 있어 매우 소중한 자료임에 틀림없다.

　뒷이야기. 1909년 일제는 남만주에 철도 부설권을 얻는 대가로 청나라에 간도 지방을 넘겨주고 말았다. 청나라와 일본 사이에 맺어진 간도 협약에 '청일 양국은 두만강을 조선과 청나라의 국경으로 삼는다.'는 조문을 넣은 것이다. 당사자인 조선을 배제한 채 일본과 청나라가 일방적으로 조선의 국경선을 확정해 버린 어처구니없는 일이 발생한 것이다. 그 후로 중국의 모든 지도는 백두산을 중국 영토로 표기하고 이를 기정사실로 만들어 가고 있었다.

현재 중국과 북한의 국경은 1962년 북한이 중국과 맺은 '조중 변계조약'의 결과다. 중국이 티베트를 침공하고 인도와 국경 분쟁을 일으키던 시점에 북

이중하 그는 나라를 잃자 아들과 함께 경기도 양평으로 낙향했다. 나라에서는 퇴직금 명목으로 은사금을 내렸지만 이를 받지 않았고, 합병 기념 훈장조차 돌려보냈다. 그러다가 한일 합방 7년 후인 1917년 나라를 잃은 분노를 잊지 못한 채 세상을 떠나고 말았다. 그리고 안타깝게도 이중하의 기록은 1910년 '한일 합방' 후 모두 사라져 버렸다. 2006년인가 '백두산 정계비, 무엇을 말하는가'라는 제목으로 모 방송사에서 신년 기획으로 이중하를 조명한 적이 있을 뿐이다.

주덕해 그는 중국 영토를 북한에 넘겨주었다는 죄목으로 감옥에 갇히기도 했다. 사진은 주덕해(상자 안)와 그의 옛 집터.

한에서 국경 문제를 제기한 것이다. 그리고 주은래 당시 수상과 협상한 끝에 백두산의 천지를 양분하는 새로운 국경선을 그을 수 있게 되었다. 만일 그 협상마저 없었다면 백두산은 아마 송두리째 중국의 영토가 되었을 지도 모르는 일이다.

뒷이야기 하나 더. 이 중국과 북한의 협상을 뒤에서 적극적으로 주선한 사람이 '주덕해'란 사람이다. 그는 본명이 오기섭으로 연변 조선족 자치주 정부 주석, 연변 자치구 위원회 제1서기 겸 주장, 연변 대학교 교장 등을 역임한 사람이다. 특히 연변 조선족 자치주를 만드는 과정에서 가장 큰 역할을 했다고 한다.

주덕해는 중국이 공산화되기 이전부터 우리 민족 예술을 부흥하기 위해 문공단을 만든 것을 비롯해 교육·언론·농업 등에서도 독자적인 기구를 만드는 데 최선을 다했다. 문공단은 후에 '연변 가무단'이 됐고, 동북 조선 인민대학은 '연변대학'이 되었다. 그런데 안타깝게도 중국 영토를 북한에 넘겨주었다는 죄목으로 문화혁명 때 감옥에 갇혔다가 후베이 성의 농장으로 전출되었고, 1972년 후베이 성에서 61세를 일기로 사망했다. 그러나 그 후에 복권되었고, 연변 자치주 위원회에서 1978년 6월 20일 정식으로 그의 명예를 회복시켜 주었다. 만주로 답사를 갔을 때 주덕해 기념비와 주덕해 옛집 터를 찾아 갔었는데, 옛집은 문이 잠겨 있어서 안으로 들어가지는 못하고 사진만 한 장 찍고 왔던 기억이 새롭다.

2009년으로 기억되는데, 우리나라에 '간도 되찾기 운동'이 잠시 불붙었던 적이 있다. 소위 '한 국가가 영토를 점유한 지 100년이 흐르면 영유권이 인정된다.'는 '100년 시효설' 때문이었다. 이 운동을 펼친 사람들은, 1909년에 일본과 청나라 사이에 간도협약을 맺었는데, 그 근거인 1905년 을사늑약이 국제법상 원천적 무효이기 때문에 이에 기초해 체결한 간도협약도 당연히 원천무효라는 것이다. 2009년은 간도협약 체결 100주년이 되는 해였기 때문에 2009년이 지나

압록강 철교 압록강 철교를 중국이 놓아주겠다는 속셈은 뻔하다. 동북공정을 마무리하려는 것이다. 사진은 1950년대의 압록강 철교와 현재의 철교(아래).

면 문제 제기가 어려우니 뭔가 결판을 내야 한다는 것이었다. '100년 시효설'은 법적 근거가 희박한 이론으로 판명되기는 했지만, 중국에서는 소위 동북공정으로 발해, 고구려까지 자신들의 지방 정부로 간주하는 마당에 발해 박물관에 갔을 때, 발해는 중국의 지방 정부였다고 써놓은 글을 눈으로 직접 확인했다. 우리의 대응이 너무 안일하지 않은가 하는 생각이

들기도 했다.

또 다른 얘기 하나 더.

다 알다시피 북한과 중국의 지리적인 거리는 아주 가까운데, 중국 단둥과 북한 신의주 사이에 압록강 대교를 놓기로 했다는 발표가 있었다. 단둥과 신의주 사이에 놓인, 북한과 중국 간의 유일한 통로 구실을 하는 현재의 압록강 철교조-중 우의교는 1911년에 세워져 안전에 문제가 있을 뿐만 아니라 단선이어서 물류 통행에 제약이 심하기 때문에 다시 다리를 건설한다는 것인데, 신의주 –단둥 창구를 통한 교역이 북한과 중국 간 전체 교역의 80%나 차지한다고 하니, 전혀 일리가 없는 설명은 아니다. 그러나 곰곰히 생각해 보면, 중국이 바보가 아닌 다음에야, 자신들의 이익이 없는데 그런 거금을 들여 북한에 다리를 놓아 줄 리는 만무하지 않은가. 북한을 동북 4성의 하나로 만들겠다는 중국의 꼼수를 확인할 수 있는 대목이다.

나는 백두산을 중국 쪽으로 한 번, 북한 쪽으로 두 번 올랐는데, 가본 사람은 알겠지만, 백두산은 정말 직접 가 보지 않고는 짐작도 못할 위대한 산이다. 이중하를 비롯한 우리 조상들의 목숨을 건 노력이 있었기에 비록 반쪽이나마 우리 땅이 되었고, 우리는 그 산에 오를 수 있게 되었으니 그분들을 생각하면 고개가 저절로 숙여진다.

최남선

경부 철도가

제목만 보아도 경부 철도를 찬양하는 노래라는 걸 금방 알 수 있는 이 노래는 1908년 최남선이 지은 장편 기행체의 창가다. 경부선의 시작인 남대문역오늘날의 서울역에서부터 종착역인 부산까지의 역들을 차례로 열거하면서, 그에 곁들여 풍물과 인정들을 서술해 나가는 형식을 취하고 있다. 다른 창가나 신체시처럼 국민을 교도하고 계몽하기 위해 지은 것인데, 특히 청소년들에게 국토지리에 대한 교양과 지식을 고취시키기 위한 목적도 있어 보인다. 이 노래는 4행을 한 단위로 해서 총 67연 268행으로 이루어졌는데, 초기 창가에 비하면 무려 10여 배에 달하는 장편이다. 일반적인 창가들이 노래하기에 알맞은 정도의 길이인데 비해 67연이나 되는 장편인 점이 특이하다.

우렁차게 토하는 기적 소리에

남대문을 등지고 떠나가서

빨리 부는 바람의 형세 같으니

날개 가진 새라도 못 따르겠네

늙은이와 젊은이 섞어 앉았고

우리네와 외국인 같이 탔으나

내외 친소親疎 다 같이 익혀 지내니

조그마한 딴 세상 절로 이뤘네

관왕묘와 연화봉 둘러보는 중

어느 덧에 용산역 다다랐도다

새로 이룬 저자는 모두 일본 집

이천여 명 일인이 여기 산다네

서관西關 가는 경의선 예서 갈려서

일산 수색 지나서 내려간다오

옆에 보는 푸른 물 용산나루니

경상 강원 웃물배 모이는 곳일세

독서당의 폐한 터 조상弔喪하면서

강에 빗긴 쇠다리 건너나오니

노량진역 지나서 게서부터는

한성지경 다하고 과천 땅이다

조조양양滔滔洋洋 흐르는 한강 물소리

아직까지 귀속에 처져 있거늘

어느 틈에 영등포 이르러서는

인천차와 부산차 서로 갈리네

(하략)

이 창가는 특히 7·5조 창가의 효시가 된 작품으로, 당시 일본에서 유행하던 '철도가'의 영향을 받았다. '철도'라는 신문명의 도구가 지닌 이점을 대중에게 알리면서 개화의 필연성을 계몽하고자 하는 의도에서 창작된 것이라고 할 수 있다. '늙은이와 젊은이', '우리네와 외국인' 등이 같이 앉아 있는 모습을 '딴 세상'으로 표현하면서 문명의 도구인 철도를 찬양하고 있다.

이 작품을 비판적으로 평가해 보자. 최남선이 감탄하고 있는 경부철도는 일본이 우리나라를 침략하는 발판이었다. 그래서 독립군들은 기차가 다닐 수 없게 기차 레일을 파손하기도 했다. 이런 경부 철도를 찬양 일변도로 기술한 것은 최남선의 세계관이 가진 한계라고 할 수 있다. 최남선과는 달리 민중에게 철도가 어떤 모습으로 다가왔는지 다음 '신고산 타령'을 통해 확인해 보자.

신고산이 우루루 화물차 가는 소리에
지원병 보낸 어머니 가슴만 쥐어뜯고요.
어랑어랑 어허야
양곡 배급 적어서 콩 깨묵만 먹고 사누나.

신고산이 우루루 화물차 가는 소리에
정신대 보낸 어머니 딸이 가엾어 울고요.
어랑어랑 어허야
풀만 씹는 어미 소 배가 고파서 우누나.

신고산이 우루루 화물차 가는 소리에
금붙이 쇠붙이 밥그릇마저 모조리 긁어갔고요.
어랑어랑 어허야
이름 석 자 잃고서 족보만 들고 우누나.

경부선 철도 경성역(지금의 서울역)에서 열린 경부선 철도 개통식. 근대의 상징인 철도는 우리 민족에겐 침략과 수탈의 상징이기도 했다.

1930년대는 일본이 중일 전쟁을 위해 우리나라를 병참 기지화하면서 인적, 물적 자원의 수탈과 함께 민족 말살 정책을 자행한 때이다. 한마디로 민족 말살기였다. 중일 전쟁 이후부터 1945년 일제 패망까지 일본은 인적, 물적 수탈뿐만 아니라 생체 실험, 위안부 강제 납치, 징용, 징병 등의 악랄한 정책들을 폈다. 이 민요는 일본이 중일 전쟁과 태평양 전쟁을 일으킨 후 자원 수탈과 민족 말살이 최고조에 다다랐을 때 불리던 노래이다.

1절에는 강제 징병이, 2절에는 위안부 강제 동원이, 3절에는 식량 수탈, 전쟁 물자 동원과 창씨개명의 만행 등이 담겨 있다. 우리 민족에게 기차 지나가는 소리는 전쟁터에 지원병으로 보낸 어머니 가슴을 쥐어뜯는 소리였고, 딸을 정신대에 보낸 어머니를 한없이 울리는 소리였다. 그런 아픔을 준 것도 모자라 일본은 금붙이뿐만 아니라 밥그릇마저 모조리 긁어 기차에 싣고 가 버렸으니 현실의 기차는 최남선이 노래한 기차와는 정반대였다.

이렇듯 일본이 근대화의 상징으로 과시하고 싶었던 철도는 일제 강점기 때의 신작로, 자동차처럼 '침략과 지배, 수탈과 분열, 탄압과 차별이라는 식민지의 모순을 실어 나르는 슬픈 기관'이었다.

원래의 신고산* 타령은 함경도 지방의 대표적인 민요다. 이 민요는 '어랑어랑'이라는 가사가 나오기 때문에 '어랑 타령'이라고도 불리었는데, '어랑'이란 함경북도 경성군에서 동해에 이르는 길이

> 신고산 함경남도에 있는 경원선의 한 정거장 이름. 여기서 2km 떨어진 곳에 고산이란 마을이 있었는데, 철도가 생기면서 원래의 고산은 구고산이 되었다.

가 100여 km쯤 되는 '어랑천'에서 유래된 말이라고 한다. 강원도 철원 이북부터 함경남북도 어느 곳을 가나 이 '어랑 타령'이 불리지 않은 곳이 없을 정도로 성행한 민요다.

그럼 원래의 신고산 타령을 한번 만나 보자.

신고산이 우루루 함흥차 떠나는 소리에
잠 못드는 큰애기는 반봇짐만 싼다네

삼수갑산 머루 다래는 얼크러 설크러 졌는데
나는 언제 임을 만나 얼크러 설크러 질거나

가을바람 소슬하니 낙엽이 우수수 지고요
풀벌레는 울고 울어 이내 심사를 달래네

공산야월 두견이는 피나게 슬피 울고
강심에 어린 달빛 쓸쓸히 비쳐 있네

백두산 명물은 들쭉 열매인데
압록강 굽이굽이 이천 리를 흐르네

구부러진 노송나무 바람에 건들거리고
허공중천 뜬 달은 사해를 비춰주노나

휘늘어진 낙락장송 휘어 덥석 잡고요

애달픈 이내 진정 하소연이나 할거나

오동나무 꺾어서 열녀탑이나 짓지요
심화병 들은 임을 장단에 풀어나 줄거나

상갯굴 큰애기 정든 임 오기만 기다리고
삼천만 우리 동포 통일되기만 기다린다

물 푸는 소리는 월앙 충청 나는데
님 오라는 손짓은 섬섬옥수로다

후치령 말께다 국사당 짓고
임 생겨지라고 노구메 드리네

용왕담 맑은 물에 진금을 씻고 나니
무겁던 머리가 한결 쇄락해지누나

백두산 천지에 선녀가 목욕을 했는데
굽이치는 두만강의 뗏목에 몸을 실었네

불원천리 허우단심 그대 찾아왔건만

보고도 본체만체 돈담무심

가지마라 잡은 손 야멸차게 떼치고

갑사댕기 팔라당 후치령 고개를 넘누나

지저귀는 산새들아 너는 무삼 회포 있어

밤이 가고 날이 새도 저대도록 우느냐

허공 중천 든 기러기 활개바람에 돌고

어랑천 깊은 물은 저절로 핑핑 도누나

울적한 심회를 풀 길이 없어 나왔더니

처량한 산새들은 비비배배 우느냐

간다 온단 말도 없이 홀쩍 떠난 그 사랑

야멸친 그 사랑 죽도록 보고 싶구나

괘씸한 서양 되놈

제목이 재미있다. 판소리를 크게 중흥시킨 신재효가 당시의 쇄국
정책으로 외적을 물리치던 기백과 정신을 노래한 작품이다.

괘씸하다 서양 되놈

무군無君 무부無父 천주학天主學을

네 나라나 할 것이지

단군 기자 동방국의

충효 윤리를 밝았나니

어희 감히 여오 보자

홍병 가해 나왔다가

정족산성 병인양요 당시 양헌수 장군이 이끄는 조선군이 프랑스 군대를 물리친 정족산성 전투를 그린 기록화.

 방수성 불에 타고

 정족산성 총에 죽고

 남은 목숨 도생 하자

 바삐 바삐 도망한다

1866년 병인양요 당시 프랑스 군이 조선군과의 싸움에서 큰 타격을 입고 패하자, 이를 기뻐하여 전승을 축하한 노래이다. 아버지도 몰라보고 임금도 몰라보는 천주학을 자기 나라에서나 할 것이지 왜

단군과 기자에서 비롯되어 충효 윤리를 밝히는 우리나라를 엿보느냐며 서양 되놈들을 조롱하고 있다. 서양이 군사를 일으켜 우리나라를 침범하였지만, 방수성에서 불에 타 죽고, 정족산성에서 총에 맞아 죽고, 겨우 살아남은 목숨들은 구명도생을 위하여 급히 도망한다는 내용이다. 짧은 가사지만 표현이 직설적이고 박력 있어 보인다.

신재효는 전라북도 고창에서 태어났다. 집안일에만 종사하다가 나이 마흔이 넘어 판소리 연구에 전력했다. 1868년 경복궁 낙성 기념식에서 '명당축원, 성조가, 방아타령' 등을 지어 제자인 진채선으로 하여금 대원군 앞에서 부르게 했고, 그 공로로 당상관에 준하는 명예직을 하사받았다. 그 이후로 대원군과 가까운 관계를 맺으며 두각을 나타냈다.

당시까지만 해도 판소리는 기생이나 광대가 아무 계통 없이 불러 왔는데, 그가 이를 통일하여 '춘향가', '심청가', '박타령', '가루지기타령', '토끼타령', '적벽가' 등 여섯 마당으로 체계를 세웠다. 그의 작품에는 서민적인 해학성과 사실성이 넘치지만, 판소리 정리 과정에서 민중성을 없애고 보수성을 강화시켰다는 평가도 있다.

사족 하나. 사물은 어떤 입장으로 보느냐에 따라 전혀 다르게 보이기 마련이다. 천주교도들은 병인양요를 '병인박해'로 부른다. 그들 입장에서 보면 어쩌면 당연한 일이다. 서울 합정역 근처에 '절두

절두산 성지 서울 합정역 근처에 있는 절두산 성지의 모습. 여기서 병인박해로 많은 천주교도들이 처형당했다.

산 순교성지'가 있는데, 여기서 천주교도들이 처형당했다. 천주교도들 입장에서는 순교를 한 것이다. 그것이 양요든 박해든, 이 모든 것을 지켜보았을 한강은 오늘도 아무 말 없이 유유히 흘러가고 있다.

단군의 터전을 한탄하노라

신돌석 장군. 외워야 할 것도 많은 국사 시간에 이름이 특이해서 자연스럽게 외울 수밖에 없었던 의병장의 이름이다. 돌석이란 이름은 의병장의 이미지와도 잘 어울려 보인다. 평민 의병장 신돌석은 15세에 이미 사방으로 유람하며 자신의 뜻을 펼치기 시작했는데, 다음에 볼 시는 기울어 가는 국운을 근심하면서 쓴 시다.

누樓에 오른 길손은 갈 길을 잊고

단군의 터전에 낙목落木이 가로놓여 있음을 탄식하네.

남아 이십칠 세에 이룬 일이 무엇인고.

잠시 가을바람에 의지하니 감개가 새롭구나.

어느 날 누각에 올라 밑을 내려다보니 나무는 잎을 떨어뜨리고,

찬 가을바람만 쓸쓸히 불고 있는데, 27세까지 목숨을 걸고 나라를 위해 싸웠으나 이룬 일이 없음을 한탄하고 있는 내용이다.

신돌석은 경북 영해군현재 영덕군 영해면에서 태어났다. 어려서부터 '태백산 호랑이'라는 별명이 있을 정도로 행동이 민첩했고 배짱이 두둑했다. 그는 서민 출신 의병장으로서 아버지와 아우까지 의병 활동에 참여한 기념비적인 인물이다. 특히 그는 경북 동북부 일대에서 크게 활약했는데, 1905년 을사조약이 체결되자 그의 명성이 더욱 알려져 그를 따르는 군사가 3천여 명까지 늘어나게 되었다. 그러나 불과 2년 만인 1908년 영덕군에서 보상금을 노린 마을사람에게 살해되고 말았다. 참으로 안타까운 노릇이 아닐 수 없다.

그의 안타까운 죽음보다 더 안타까운 것은 그에 대한 처우와 가족들의 가난한 삶이다. 그가 끝내 자손 없이 눈을 감자 신돌석의 부인은 시동생의 아들을 양자로 들였는데, 현재2009년 생존해 있는 그의 증언에 따르면 어려서부터 40년 가까이 초근목피로 가난을 헤쳐 왔다고 한다. 어머니와 화전을 일구기도 했고, 먹을거리가 없어 누룩을 빻아 먹기도 했다고 한다. 그나마 아버지한테 건국 공로훈장이 추서1962년되면서 유족 연금을 받게 돼 살림살이가 조금 나아졌다고 하지만, 여느 독립 운동가 후손들의 삶이 그렇듯이 신돌석의 후손들 역시 사회의 철저한 무관심 속에 그의 영웅적 삶이 무색하리 만치 방

치되어 있었던 것이다.

그가 죽은 지 91년이 지난 1999년에서야 영덕군은 유적지를 조성했다. 그런데 기념관을 다 지을 때까지도 마을 사람들조차 그의 이름을 잘 몰랐다고 하니, 우리나라 역사의식의 단면을 보는 것 같아 마음이 씁쓸하기만 하다. 그나마 신돌석 장군이 국립묘지 애국지사 묘역 131번에 안장되어 있다는 사실만으로도 다행으로 생각해야 하는 안타까운 현실이다.

그럼 여기서 한말의 의병에 대해 잠깐 알아보자.

한말 의병은 크게 세 가지로 나누어 생각해 볼 수 있는데, 첫 번째는 을미의병^{1895년}이다. 을미년에 일어난 을미사변^{명성황후 시해사건}과 단발령은 의병 운동을 일으킨 직접적인 계기가 되었다. 봉건주의 사상이 강했던 보수적 유생층에게 국모의 시해와 단발령은 죽음과도 바꿀 수 없는 치욕이었다. 그러나 유생들에 의해 주도되었던 을미의병은 고종의 아관파천 이후 친러파에 의해 친일파가 실권하고 그에 따라 단발령이 철회되자 운동의 명분을 상실하고 말았다. 더욱이 고종이 의병의 해산을 명하자 왕의 명령에 따라야 한다면서 유생 의병장들은 스스로 해산하였다.

두 번째는 을사의병^{1905년}이다. 러일 전쟁에서 승리한 일본은 본격적으로 국권을 침탈하고 강제로 을사조약을 맺었다. 이 조약이 체결

항일의병 유생 의병장을 중심으로 구성된 초기 의병은 대부분 농민들이었으나 을사조약과 정미조약을 거치면서 평민 의병장들의 활약이 두드러졌으며 해산된 군인들이 합류하여 의병 활동은 더욱 활기를 띠게 되었다. 이 사진은 1907년, 영국 신문 특파원 매켄지가 찍은 것이다.

되자 각지에서 조약 체결의 부당함을 주장하는 상소가 빗발쳤고, 민영환은 조약의 부당함을 외치면서 자결했다. 을사조약 체결 당시 조약 문서에 서명했던 대신들을 '을사오적'이라고 하는데, 이들을 처단하기 위해 을사오적 암살단이 결성되기도 했다. 을사의병이 을미의병과 크게 다른 점은 유생들이 차지했던 의병장 자리에 평민 출신의 의병장이 등장한 것이다. 대표적인 인물이 바로 앞에서 살펴본 신돌석 장군인데, 유생 출신의 의병장들은 평민 출신의 의병장들이 등장하자 신분의 차이를 말하면서 평민 의병장들을 무시하고 함께하지 않기도 했다. 유생들의 한계를 보여 주는 대목이다.

세 번째는 의병 전쟁이라고도 불리는 정미의병1907년이다. 정미의병의 직접적인 원인은 고종의 강제 퇴위와 군대 해산이다. 군대가 해산되자 군인들이 의병 활동에 직접 가담함으로써 의병의 조직력과 전투력은 이전 의병들과는 비교할 수 없을 정도로 발전했다. 특히 정미의병 때는 평민 의병장들이 유생 의병장의 수를 능가하게 되었으며, 이 시기에는 또한 많은 의병들이 연합하여 '13도 창의군'이란 이름으로 연합 부대를 창설하기도 했다. 이들은 1908년 서울 진공을 계획했지만, 양반 의병장들의 반대로 일본군이 실제로 두려워했던 평민 의병 부대를 제외시킨 오류를 범했다. 다시 한 번 유생들의 한계가 드러나는 대목이다. 13도 창의군은 서울 진공 개시를 얼마 남기지 않고 총대장이었던 이인영이 부친상을 핑계로 싸우다 말고 고향으로 돌아가 버린 후에 허무하게 무너져 버리고 말았다.

의병들은 일제의 군사력과는 비교도 안 될 정도의 열악한 환경에서 투쟁했다. 따라서 국권 회복이라는 목적을 달성하기에는 한계가 명확했다. 그러나 의병 운동은 일제 강점기 내내 항일 민족 운동을 전개할 수 있었던 저항 정신의 불씨를 살려 나갔다.

의병들의 상황과 저항의식이 어느 정도였는지를 영국 기자 매켄

지의 '자유를 위한 한국의 투쟁Korea's Fight for Freedom'중 의병들과
한 인터뷰 내용을 통해 확인해 보자.

나는 그들이 휴대하고 있는 총을 살펴보았다. 여섯 명이 가지고
있는 총 중에서 다섯 가지가 제각기 다른 종류였으며, 그 중에 하나
도 성한 것이 없었다. 나는 의병들의 조직을 물어 보았다. 그의 말
에 의하면 그들은 사실상 아무런 조직을 갖추고 있지 않음이 분명
하다. 그는 자기들이 어떤 보람 있는 일을 하고 있음을 시인하면서
이렇게 말했다.

"우리는 어차피 죽게 되겠지요."

순간 5, 6명의 의병들이 뜰로 들어섰다. 나이는 18세에서 26세
사이였고, 그 중 얼굴이 준수하고 훤칠한 한 청년은 구식 군대의 제
복을 입고 있었다. 나머지는 낡은 한복 차림이었다. 그 중 인솔자인
듯한 사람에게 말을 걸었다.

"당신들이 최근에 전쟁을 한 것은 언제였습니까?"

"오늘 아침에 저 아랫마을에서 전투가 있었소. 일본군 4명을 사
살했고, 우리 측은 2명이 전사했고 3명이 부상을 입었소."

"이상하군요. 두 배 이상의 전과를 올렸는데 왜 쫓겨 다니고 있
습니까?"

"일본군은 무기가 우리보다 훨씬 우수하고 훈련이 잘 되어 있는 정규군이오. 우리 의병 200명이 일본군 40명에게 공격당해 패배한 적도 있을 정도요."

"일본군을 이길 수 있으리라 생각합니까?"

"이기기 힘들다는 것을 알고 있소. 우리는 어차피 싸우다 죽게 될 것이오. 그러나 어찌 되든 좋소! 일본의 노예가 되어 사느니 자유민으로 죽는 것이 훨씬 낫기 때문이오. 헌데 한 가지 부탁을 드려도 되겠소?"

"말씀하십시오."

"우리 의병들은 말할 수 없이 용감하지만 결정적으로 무기가 없소. 총은 낡아 쓸모가 없고 화약도 거의 떨어졌소. 당신은 원하면 아무 곳이나 다닐 수 있는 사람이니 우리에게 무기를 좀 사다 주시오. 돈은 5천 달러건 만 달러건 요구하는 대로 드리겠소."

안타깝게도 나는 이 요구를 거절할 수밖에 없었다. 종군 기자로서 어느 한쪽에 이익을 제공하는 것은 기자 윤리상 어긋나는 것이기 때문이다.

나는 솔직히 한국에 오기 전에는 한국보다는 일본에 호감을 가지고 있었다. 그러나 직접 한국을 돌아본 결과 내 생각이 잘못이었음을 깨달았다. 일본군은 양민을 무차별 학살하고 부녀자를 겁탈

하는 비인도적인 만행을 서슴지 않았다. 반면 한국은 비겁하지도 않고 자기 운명에 대해 무관심하지도 않았다. 한국인들은 애국심이 무엇인가를 몸으로 보여 주고 있다.

매켄지의 말대로 의병들이 애국심이 무엇인가를 온몸으로 보여 주었기 때문에 지금 우리가 존재할 수 있는 것은 아닐까.

고은

의병 정용기

요즘으로 말하면 고위직 공무원이었던 정환직은 아들 정용기를 의병장으로 보낸다. 그러나 안타깝게도 아들은 일본군과 싸우다가 끝내 적탄에 맞아 죽음을 당한다. 그러자 아버지 정환직은 직접 의병장으로 나서고, 결국 자신도 일본군과 싸우다가 잡혀 처형당한다. 한국판 '노블리스 오블리주'의 전형을 보여 주는 이 사건을 고은 시인이 한 편의 시로 살려 냈다.

꽃나이에 꽃으로 졌다.
젊은 의병 정용기 싸움터에서 죽었다
그 뒤로 늙은 아비 정환직이 나서서

아들 죽은 싸움터에 달려 나갔다

그 싸움 끝나고 왜놈에게 잡혔다

처형의 날 새벽에 남긴 노래

몸은 죽을망정 마음마저 변할쏘냐

의는 무겁고 죽음은 오히려 가볍도다

뒷일을 부탁하여 누구에게 맡길꼬

생각하고 생각하니 새벽이 되었고나

1905년 일제의 강압에 의해 '을사조약'이 체결되자 국권 회복을 위한 의병 투쟁은 다시 전국적으로 퍼져나갔다. 그중 산남의진山南義陣은 신돌석 의병 부대와 더불어 경상도 지역을 대표하는 의병 부대였다. 정환직은 바로 이 산남의진을 이끌다가 순국한 인물이다.

정환직은 경북 영천 출신으로 12살 때 백일장에서 장원을 차지할 정도로 총명했고, 뒤에 삼남 관찰사, 중추원 의관 등을 지냈다. 그러다가 일제가 '을사조약'을 통해 조선 침략을 노골화하자 아들 정용기를 의병장으로 내보냈고, 아들이 일제와 싸우다 순국하자 직접 자신이 의병장으로 나서 일본군을 습격하는 등 혁혁한 전공을 세웠다. 그러나 1907년 일본군에 체포되어 결국 처형당하고 말았다.

고은 시인은 이 시의 마지막 4행에 정환직이 처형당하던 날 썼다던 시, '몸은 죽을망정 마음은 절대 변하지 않는다. 의가 무겁지 죽음은 오히려 가볍다. 그러나 뒷일을 부탁하고 맡길 이가 없다.'를 직접 인용하고 있다. 아들을 먼저 보내고 이제 조금 있으면 자신마저 처형당할 처지에 놓인 이승에서의 마지막 새벽, 그 새벽에 정환직의 심정은 얼마나 비통했을까?

한편 경북 영천 출신으로 정환직의 장남으로 태어난 정용기는 어려서부터 천성이 활달하고 용기가 뛰어났으며, 정의로운 일에 솔선수범했다고 한다. 민영환을 추도하는 '혈죽가血竹歌' 등을 짓기도 한 그는 민중 계몽에 힘쓰던 중 부친인 정환직의 명을 받고 영남에서 의병을 일으켰다. 1906년 각지에서 모여든 군중의 추대를 받아 의병대장이 되어 산남의진의 기치를 내걸고 일본군과 싸웠으나 일본군의 포격으로 적탄에 맞아 장렬하게 순국했다.

이병덕 · 김인화 등

국채 보상가

러일 전쟁에서 승리하고 을사조약 등을 통해 한반도에서의 지배권을 확보한 일본은 한국 경제를 식민지화하기 위해 차관을 강요하기 시작했다. 그 결과 1905년부터 1910년에 이르기까지 한국의 대일 부채는 1,300만 원에 달했다. 그러나 이 차관은 한국의 경제 발전을 위해 들여온 것이 아니라, 일제가 한국을 식민지화하는 데 사용할 식민지 건설 비용을 한국 정부에 전가시키기 위한 계략이었다. 이렇듯 일제가 식민 통치 정책의 일환으로 정치 · 군사적 침략과 아울러 경제적 침략을 단행하자, 이에 대항해 경제적 자주권을 회복하여 우리 국권을 지키자는 운동이 일어났다. 이를 국채 보상 운동이라고 하는데, 이는 차관의 이면에 담긴 일제의 침략성을 깨닫고 우리 스스로의 힘으로 생존권을 지켜 나가기 위해 일어난 운동이다.

애국심이여, 애국심이여, 대구 서공 상돈일세.
1천 3백만 원 국채 갚자고 보상동맹단연회 설립했다네.
면실하는 마음 발양하니, 대한 국민 분명하도다.
지금 우리 국가 간난艱難한데 누가 이런 열성 가질 건가.

대한 2천만 민중에 서상돈만 사람인가.
단천군 이곳 우리들도 한국 백성 아닐런가.
왜인 부채 해마다 이식 불어나니 많은 그 액수 어이 감당하리.
적의 공격 없어도 나라 자연 소멸되면,
아아, 우리 백성들 어디 가서 사나.
이 나라 강토 없게 되면 가옥, 전토는 뉘 것인고.

여러분, 여러분, 때를 잃지 말고 보상하오.
국채 다 갚는 날 오면 기쁘고 즐겁지 않을손가.
힘씁시다. 힘씁시다. 우리 단천의 여러분이여.

오래전 동해안으로 여행을 갔을 때의 일이다. 속초 아바이 마을에

들른 적이 있는데, 우연히 단천식
당이 아바이순대로 유명하다는 것
을 알게 되었다. 단천 분들이 내려
와 차린 식당이라는데, 단천 지역
에서 부르던 이 노래가 생각나서
아주 반가웠던 경험이 있다. 바로
국채 보상 운동 당시 함경도 단천
군에서 이병덕, 김인화 등이 지어
서 함께 불렀던 국채 보상가이다.

국채 보상 취지서 국채 보상 운동 당시
운동의 목적을 알리기 위해 전국 지역
별로 작성되었다.

대구에서 김광제, 서상돈 등이
발기하여 시작^{1907년 1월 29일}된 국채
보상 운동은 국내외에서 취지에
찬동하면서 전 국민적인 운동으로 발전했다. 전국에 수많은 국채 보
상 운동 단체가 창립되었고, 아래로는 걸인에서부터 위로는 임금^{고종}
까지 남녀노소를 가리지 않고 전 국민이 참여했다. 또한 〈대한매일
신보〉, 〈황성신문〉, 〈경향신문〉 등 언론들도 국채 보상 운동을 적극
선전하여 확산시켰고, 특히 〈대한매일신보〉의 양기탁은 이 운동을
전국화시키는 데 앞장섰다. 비록 일제의 탄압과 방해로 국채 보상
운동은 실패로 끝나고 말았지만, 일제의 경제 침략으로 국가의 존망

이 위태로운 시기에 민족 경제를 보호하고 국권을 지키려 했던 뜻깊은 운동이었다.

뒷날 3·1 운동과 물산 장려 운동 등 항일 독립 운동의 바탕이 된 이 운동은 또한 노동자, 인력거꾼, 기생, 백정 등 하층민들까지도 참여한 그야말로 빈부귀천, 남녀노소, 도시 농촌, 종교 사상을 뛰어넘은 범국민적인 운동이었다. 최초의 민간 주도 캠페인이며, 국난을 극복하려는 민족의식의 산 표본이라 할 수 있다. 그래서 외환 위기 1997년 때에 범국민적으로 일어난 '금 모으기 운동*'을 제2의 국채 보상 운동이라고도 하였다.

한편 2009년 7월에 국채 보상 운동과 관련한 다수의 자료가 발견되었는데, 관련 기사를 통해 국채 보상 운동에 대해 더 알아보자.

금 모으기 운동 1997년 외환 위기로 인하여 우리나라는 IMF 관리 체제를 맞이하게 되었고, 이에 위기를 극복하기 위해 제2의 국채 보상 운동이라 할 수 있는 금 모으기 운동을 펼쳤다.

국채 보상 운동 기념 사업회는 최근 개인 소장가로부터 '국채 보상회 취지서', '회문回文', '국채 보상지회 의금 모집 발문', '국채 보상 소손금책' 등 국채 보상 운동과 관련된 25종의 희귀 자료를 입수했다고 27일 밝혔다. '국채 보상회 취지서'는 국채 보상 운동 당시 전국 지역별로 작성된 운동의 목적 등을 설명하는 글이고, '회문'과

'국채 보상지회 의금 모집 발문'은 지역 주민들의 운동 동참을 권유하는 문건이다. 또 함께 입수된 '국채 보상 소손금책'에는 경남 하동 지역의 국채 보상금 출연자 명단과 성금액 등이 기록돼 있다. 이밖에 서상돈 선생과 함께 국채 보상 운동을 통해 애국 계몽 활동을 전개한 김광제 선생이 외사촌 형에게 보낸 관련 편지와 국채 보상 운동의 목적과 방향 등을 소개한 〈대한매일신보〉 기사, 민중 계몽단체인 〈대한자강회 월보〉 등이 이번에 소개됐다.

외세에 의해 강요된 개화

　1870년대부터 1910년에 이르는 시기를 대체로 '개화기'라고 한다. 개화란 말은 일본에서 번역한 것인데 다분히 서구 중심적인 사고가 반영된 말이다. 이 시기 우리나라에 서양 문명이 접근해 왔는데, 북학파들은 통상을 통해 신문명을 받아들일 것을 적극적으로 주장하기도 했다. 쇄국 정책을 고수하던 흥선 대원군이 물러난 뒤 강화도 조약[1876년]으로 일본과 통상을 하게 되면서 개화 정책은 크게 진전되었다. 그런데 강화도 조약이 무력을 앞세운 일본의 강요로 체결된 불평등 조약이었던 데서 알 수 있는 것처럼, 우리의 개화는 개항과 더불어 밖으로부터의 식민 침략에 직면하게 되었다. 그러므로 개화기 이후 한국은 외국으로부터 새로운 문화를 받아들여서 자유와 평등에 기초한 새로운 나라를 만들어 나가야 하는 동시에, 외세의 침략을 물리치고 자립을 유지해야 한다는 이중의 과제를 짊어지게 된 셈이다.

　개항 후 조정에서는 일본에 신사유람단紳士遊覽團을 파견하여 각종 시설을 시찰하게 했고, 청나라에 영선사領選使를 보내 신식 무기의 제조법을 배우게 했다. 이어 신식 군대인 별기군別技軍을 조직하고, 행정 기구 개혁을 실시했다. 그러나 유학자들은 이러한 개화 정책에 반발하여 위정척사 운동을 펼쳤는데, 그 같은 배타적인 운동으로 일어난 것이 바로 임오군란[1882년]이다. 이것을 계기로 하여 출동한 청군이 대원군을 납치해 가는 혼란한 정세 속에서 일본을 모범으로 하는 개혁을 목표로 한 정변이 일어났다. 바로 갑신정변[1884]이다. 그

신사 '신사'란 말은 개화기 '서양 옷양복'을 입은 사람에게 붙여진 이름인데, 사실 이 신사 란 말은 양복이 우리나라에 들어오기 훨씬 오래전에 만들어진 말이다. 복식사에서 허리 띠 부분을 보면, 평민 이하 사람들은 천을 꼬아서 만든 허리띠를 썼고, 관리들은 오늘날 널리 쓰는 가죽 띠, 즉 혁대革帶를 썼다. 지위가 높은 고급 관리는 비단으로 만든 것을 썼 는데, 이것을 '신대紳帶'라고 하고, 이 신대紳帶를 두른 관리를 신사紳士라고 했다. 사진은 1910년대 법정의 판사와 피고인들의 모습(위)과 전차를 탄 사람들.

아관파천의 현장 러시아 공사관의 현재 모습. 르네상스풍의 건물로 지어졌으며, 현재는 하얀 탑만 남아 있다. 서울 정동에 있다.

러나 일본을 믿고 행한 이 개혁은 결국 청군의 출동으로 인해 실패로 돌아가고 말았다. 그 후 청·일 양군은 모두 철수했지만, 러시아가 침투해 오고, 이에 대항하여 영국군이 거문도를 점령하면서, 우리나라는 열강 세력의 각축장이 되고 말았다.

　이런 가운데 자주적인 개혁을 수행하려는 노력이 있었는데, 이것이 바로 갑오농민전쟁1894년이다. 전봉준 장군을 중심으로 한 동학 농민군은 신분 차별을 철폐하고 일본의 침략을 배격할 것을 주장했다. 또 김홍집, 유길준 등이 중심이 된 조정에서도 갑오개혁1894년을 단행하여 신분제 철폐 등의 개혁을 실시했다. 이러한 개혁이 진행되는 동안 청과 일본의 군대가 출동하여 청일 전쟁이 벌어지고, 전쟁에 승리한 일본의 간섭이 심해져 명성황후를 중심으로 러시아의 세력을 끌어들이려는 움직임이 일어났다. 이에 일본은 명성황후를 시해하는 을미사변1895년을 일으켰고, 이에 격분한 유학자들은 의병을 일으켜 이에 대항했다.

고종은 경복궁에서 일본군에 포위된 상태를 벗어나기 위해 러시아 공사관으로 피신하게 되었는데, 이것이 아관파천^{1896년}이다. 그 기간 동안 우리나라는 러시아를 비롯한 여러 나라에게 많은 이권을 빼앗겼다. 이런 상황 속에서 전개된 것이 바로 독립협회의 활동이다.

뒤에 고종은 경운궁^{덕수궁}으로 옮기고 국호를 대한 제국이라 하고, 왕을 황제라 칭하는 등의 새 체제를 갖추었다. 이후 대한 제국은 일본과 러시아의 침략 경쟁 속에 말려들었는데, 러일 전쟁^{1904년}에서 승리한 일본은 다른 경쟁 상대 없이 우리나라를 식민지화하는 길로 치닫게 되었다. 황제의 승인 없이 불법적으로 체결·처리된 을사조약^{1905년}에 의하여 대한 제국은 외교권을 박탈당했으며 이어 군대가 해산되고, 결국 1910년 일제에 병합되고 말았다.

3장

나라 안의 독립 운동

국어 선생님의 한국 근대사 강의 끊이지 않는 전 민족의 저항, 일제 강점기

예언시

을유년1945년 8월 15일 일본이 패망하고

소련과 미국이 나라를 남북으로 분단하도다.

공산주의와 외래 문화가 민족과 국가를 망치고

공산, 자유의 극한 대립이 세계를 파멸할지나

마침내 한민족의 선도 문화가 크게 번창하여

대립 파멸을 막고 홍익 인간 이화 세계를 이루리라.

鳥鷄七七 日落東天조계칠칠 일락동천

黑狼紅猿 分邦南北흑랑홍원 분방남북

狼道猿敎 滅土破國낭도원고 멸토파국

赤青兩陽 焚蕩世界 ^{적청양양 분탕세계}

天山白陽 旭日昇天 ^{천산백양 욱일승천}

食飲赤青 弘益理化 ^{식음적청 홍익이화}

이 시는 나철 선생이 지은 예언시다. 한민족의 홍익 사상으로 세계를 평화롭게 할 수 있다는 것과, 한민족의 고유한 문화, 즉 선도 문화가 존재했으며, 선도 문화가 부활하여 평화의 기틀을 만들 거라는 내용이다.

일본이 패망할 것을 예언한 첫째 줄만 자세히 살펴보자.

'조계칠칠 일락동천 鳥鷄七七 日落東天'.

일본이 패망한 1945년은 을유乙酉년인데 '조계鳥鷄'는 을유년 새乙. 닭酉을 비유한 말이고, '七七'은 1945년 8월 15일의 음력 환산일인 7월 7일을 의미한다는 것이다. 다 이런 식의 해석이다.

이 시를 지은 나철 선생은 1863년 전남 보성군 벌교읍 금곡리에서 부친 나용집과 모친 송씨 사이에서 3형제 중 둘째 아들로 태어났다. 본명은 두영이었으나 인영으로 개명하였다가 대종교 창교 후에 철로 바꾸었다. 29세 때 문과에 장원 급제하였으나 러일 전쟁에서 이긴 일제의 침략 야욕이 내정 간섭으로 나타나자 1905년 일제하 부패 관리의 실상을 좌시할 수 없다며 관직을 사임했다. 그 뒤 오기호

등과 비밀 결사인 유신회를 조직하여 구국 운동에 앞장섰다. 선생은 을사조약이 체결되었다는 소식을 듣고는 오기호와 함께 학부대신 이완용, 외부대신 박제순, 군부대신 이근택, 내부대신 이지용, 농공상공부대신 권중현 등 세칭 '을사오적'을 일시에 처단할 것을 계획했으나 모의자 중 한 명이 붙잡히고 말았다. 그는 결국 고문에 못이겨 거사 전말을 실토하였고, 이로써 동지들이 차례로 붙잡혀 가게 되자 나철 선생은 자발적으로 일제 수사 기관에 출두했다. 1907년 7월 3일 유형 10년을 받아 유배되었다가 12월 광무 황제의 특사로 유배 4개월 만에 석방되었다.

1910년 나라의 주권을 일제에게 완전히 빼앗기자 나철 선생은 새로운 구국 운동과 민족 중흥의 방법을 모색하기 시작했다. 그리하여 나라가 이 지경에 이른 원인이 사대모화 사상에서 비롯된 교육의 잘못에 있음을 깨닫고, 흔들리는 민족 전통 정신을 바로잡기 위해 단군의 정신을 널리 알리는 작업에 착수했다. 그 결과 1909년 1월 15일 서울 재동 취운정에서 제천 의식을 갖고 단군교를 공식 종교로 공표하였다. 교주인 도사교로 추대된 선생은 1910년 7월 30일 칙령을 발표하여 그때까지 한얼교 또는 천신교로 불리던 단군교를 '대종교'로 개명하고 대종교의 창시자가 되었다.

그러나 일제의 탄압으로 포교 활동이 어렵게 되자 겨레의 나아갈 길을 찾기 위해 성지 순례의 길을 나섰다. 강화와 평양을 거쳐 백두산 아래 중국 화룡현에 이르러서 대종교의 확대 포교를 구상하게 된다. 고대로부터 우리 민족이 살았고, 수많은 애국 독립지사가 정착해 있었던 이곳으로 총본사를 옮긴 선생은 이곳에서 대종교를 크게 번창시켰다. 그러자 일제는 대종교를 탄압하기 시작했고, 특히 국내에서 탄압이 더욱 심해지자 선생은 총본사가 있던 화룡현 청파호에서 귀국을 서두른다.

나철 선생 대종교의 창시자인 나철.

선생은 순교와 수도의 길 중 택일을 위해 매일 기원했다. 1916년 참배길을 떠나 이틀 뒤 삼성사에 도착하여 한가위에 동네 교인들과 제례를 올린 선생은 '오

나철 선생의 묘.

늘부터 3일간 절식 수도에 들어갈 것이니 절대로 문을 열지 말라.'고 방문을 봉하게 하고는 순교의 길을 택했다. 다음 날 제지들이 선생을 찾았을 때는 이미 숨을 거둔 뒤였다. 여러 유서들이 나왔으나 모두 죽음으로써 침략자들에게 항쟁한다는 뜻이었다.

만주 기행 때 화룡현에 있는 나철 선생의 묘지를 찾은 적이 있는데, 묘지를 찾아 가는 길은 쉽지 않았다. 끝없는 옥수수 밭과 콩밭을 지나 다른 동네로 들어가는 등 몇 번의 시행착오 끝에야 겨우 나철 선생의 묘지에 도착할 수 있었다. 화룡현이 고향인 가이드 철수 씨도 못 찾은 길을 다행스럽게도 묘의 위치를 아는 동네 사람을 만나 간신히 찾아갔던 기억이 있다.

나철 선생의 묘 양 옆으로는 김교헌과 서일의 묘가 있었는데, 산소의 잔디가 전부 죽어서 붉은 흙이 그대로 드러난 것으로 보아 관리가 부실한 것 같았다. 나철 선생의 묘 앞에는 사람 대신 묘를 지켜 주려는 듯 커다란 거미 한 마리만 허공에 매달려 있어 안타까움을 더해 주었다. 평생을 조국의 독립을 위해 싸운, 그러다가 결국 목숨까지 바친 애국지사의 묘 치고는 너무 초라했다. 우리나라에서라도 돌보면 좋겠는데 사정이 여의치 않은 건지, 관심이 없는 건지 모르겠다.

여기서 나철 선생의 일대기를 쓴 소설을 소개한다. 소설가 이병천 형이 쓴 〈신시의 꿈〉 이라는 3권짜리 장편 소설인데, 일독을 권한다.

안중근

장부가

2009년은 안중근 의사가 이토 히로부미를 격살한 지 100년이 되는 해였다. 이토 히로부미를 처단하기 바로 3일 전인 1909년 10월 23일 밤, 김성백의 집에 묵으며 밤에 호롱불 밑에서 지었다는 시가 바로 이 '장부가'다.

장부가 세상에 처함이여 그 뜻이 크도다
때가 영웅을 지음이여 영웅이 때를 지으리로다
천하를 응시함이여 어느 날에 업을 이룰고
동풍이 점점 참이여 장사의 의기가 뜨겁도다
분개히 한번 감이여 반드시 목적을 이루리로다

쥐도적 이등이 어찌 즐겨 목숨을 비길고

엇지 이에 이름 줄을 헤아렸으리요 사세가 고언하노다

동포 동포여 속히 대업을 이룰지어다

만세 만세여 대한 독립이로다

만세 만만세여 대한 동포로다

안중근은 조선 왕조 말엽인 1879년 9월 2일 황해도 해주읍에서 태어났다. 아버지 안태훈은 어려서부터 재주와 지혜가 남달리 뛰어났던 사람으로, 과거에 합격하여 진사가 되었다. 슬하에 3남 1녀를 두었는데, 맏아들이 바로 안중근 의사다. 안중근은 태어나면서부터 가슴과 배에 검은 점 일곱 개가 있었는데, 북두칠성의 기운을 받아 태어났다 하여 자를 '응칠'이라 했다.

안중근은 일찍부터 서당에서 한학을 배웠다. 그러나 안중근은 학문에 힘쓰기보다는 사냥하기를 좋아했다. 특히 말타기와 활쏘기에 뛰어나 근처에서 그를 따를 사람이 없었다고 한다.

아버지 안태훈은 가톨릭교를 받아들여 신자가 되었는데, 그 영향으로 온 가족이 가톨릭교의 신자가 되었다. 안중근은 프랑스 인 빌레헴 신부로부터 세례를 받고 '토마'라는 세례명을 얻었다. '도마 안중근'이란 이름도 안 의사의 천주교식 세례명인 '토마스'의 한국식

발음에서 비롯되었다. 뿐만 아니라 빌레헴 신부로부터 프랑스 말과 서양의 학문을 배워 새로운 사상에 눈뜨게 된 안중근은 신부와 함께 황해도 일대를 돌며 가톨릭교를 전하는 데 힘썼다.

그러다가 을사조약¹⁹⁰⁴ᵗ이 체결되자 안중근은 아버지와 의논하여 나라를 구하겠다는 결심을 하고 중국으로 떠났는데, 조국으로 돌아가 교육을 통해 백성을 깨우쳐 나라의 힘을 길러야 한다는 프랑스 신부의 충고를 받아들여 다시 한국으로 돌아왔다. 한국에 돌아온 그는 삼흥학교를 설립¹⁹⁰⁶ᵗ ³ᵂ했다. 그러나 교육만을 통해서는 망해 가는 나라를 구할 수 없다는 것을 깨닫고, 다시 해외로 건너가 조국의 독립을 위해 투쟁할 것을 결심했다.

이때, 안중근의 나이 29세. 1907년 안중근은 간도 지방을 거쳐 러시아 땅인 연해주 지방의 블라디보스토크로 갔다. 1908년 봄, 안중근은 의병 부대를 조직하고 일제에 대항하는 투쟁을 시작했다. 그해 7월, 안중근은 의병 300여 명을 이끌고 두만강을 건너 함경도 경흥으로 쳐들어가 일본 군인과 경찰 50여 명을 죽이는 승리를 거두었다. 그리고 곧바로 회령으로 쳐들어가 일본군 수비대 5천여 명을 물리치는 등 13일 동안 30여 차례의 싸움을 벌여 큰 승리를 거두었다. 그런데 안중근은 사로잡은 일본군 포로들을 국제법에 따라 모두 풀어 주었는데, 그의 철학을 짐작할 수 있는 대목이다. 그 뒤 안중근이 이끄는 의병 부대는 일본군의 공격을 받아 뿔뿔이 흩어지고, 안중근도 굶주림에 시달리며 산길을 헤매다 간신히 살아 블라디보스토크로 돌아갈 수 있었다.

안중근은 목숨이 위태로운 상황을 겪으면서도 다음과 같이 시를 지어 다른 대원들을 격려했다.

사나이 뜻을 품고 나라 밖에 나왔다가
큰일을 못 이루니 몸 두기 어려워라
바라건대 동포들아 죽기를 맹세하고
세상에 의리 없는 귀신은 되지 말아라!

1909년 가을, 안중근은 블라디보스토크에서 이토 히로부미가 하얼빈을 방문한다는 소식을 들었다. 러일 전쟁에서 승리한 일본은 한국을 합병한 뒤 중국 땅인 만주까지 빼앗을 계획을 세웠던 것이다. 이토 히로부미는 우리나라와 강제로 을사조약을 맺고 한국의 초대 통감을 지낸 뒤 일본으로 돌아가 추밀원 의장이 된 침략의 우두머리인데, 안중근은 이 침략자를 없애고 일본의 침략 정책을 세계에 알릴 하늘이 주신 좋은 기회라고 생각했다. "앞으로 3년 안에 이등박문을 암살하지 못하면 대한 제국 국민들에게 속죄하는 마음으로 스스로 목숨을 끊겠다."고 결심한 그는 그동안 잠시 머물던 권한촌^{훈춘}과 방천 사이에 있는 마을을 떠나 연해주에 도착한 뒤, 그곳 크라스키노에서 단지 동맹을 가졌다. 안중근은 1909년 10월 21일 우덕순과 함께 블라디보스토크를 떠나 러시아의 동청 철도의 종착지인 동시에 정치 · 문화의 중심지였던 하얼빈으로 떠났다.

하얼빈 역에는 이른 시각부터 러시아 군인들과 환영객들이 많이 나와서 이토 히로부미를 맞을 준비를 하고 있었다. 이윽고 오전 9시쯤이 되자 이토 히로부미가 탄 열차가 하얼빈 역에 들어왔다. 일본 총영사의 안내를 받으며 기차에서 내린 이토 히로부미는 러시아 군 의장대를 사열한 뒤, 환영객들로부터 인사를 받기 시작했다.

러시아 군대 뒤에서 이토 히로부미를 쏠 기회를 노리고 있던 안중근은 이토 히로부미가 10보 정도 떨어진 거리로 접근하자 재빨리 권총을 꺼내 이토 히로부미를 향해 3발을 쏘았다. 이토 히로부미는 그 자리에서 쓰러졌고, 곧이어 러시아 헌병들이 안중근을 덮쳤다. 안중근은 '코레아 우라!^{대한 만세}' 라고 외친 뒤 순순히 체포되었다.

안중근 의사의 총에 맞아 쓰러진 이토 히로부미는 수행하던 의사의 응급 처치에도 불구하고 그 자리에서 숨을 거두었다. 이토 히로부미 한 개인에게는 안타까운 죽음이었겠지만, 대한 제국의 민중들에게는 더없는 기쁨을 준 순간이었다. 당시 중국의 국가 주석이었던

원세개는 안중근 의사의 의거를 듣고 다음과 같은 글을 지어 찬양
했다.

평생을 벼르던 일 이제야 끝났구려

죽을 땅에서 살려는 것은 장부가 아니고말고

몸은 한국에 있어도 세계에 이름 떨쳤소

살아선 백 살이 없는데 죽어서 천 년을 가오리다

그날 오후, 안중근 의사는 일본 영사관으로 넘겨졌다. 안중근 의
사가 이토 히로부미를 죽인 장소가 러시아 땅인 하얼빈이었기 때문
에 러시아 재판소에서 안중근 의사를 재판하는 것이 당연한 일이었
지만, 이 사건을 정치적으로 복잡한 문제라고 생각한 러시아는 안중
근 의사를 일본 총영사관에 넘기고 재빨리 발을 뺀 것이다. 안중근
의사는 하얼빈에 있는 일본 총영사관 지하 감방에서 1차 조사를 받
은 뒤, 뤼순 감옥으로 옮겨졌다.

1910년 2월 14일, 마지막 공판에서 안중근 의사에게 사형이 선고
되었다. 사형이 선고되자 그는 일본에는 사형 이상의 형벌은 없느냐
며 오히려 미소를 지었다고 한다. 그는 마지막 유언으로 다음과 같
이 동포에게 고하는 글을 남겼다.

내가 한국의 독립을 되찾고 동양의 평화를 지키기 위해 3년 동안 해외에서 모진 고행을 하다가 마침내 그 목적을 이루지 못하고 이곳에서 죽노니, 우리들 이천만 형제자매는 각각 스스로 노력하여 학문에 힘쓰고 농업, 공업, 상업 등 실업을 일으켜, 나의 뜻을 이어 우리나라의 자유 독립을 되찾으면 죽는 자 남은 한이 없겠노라.

또 그는 "내가 죽은 뒤에 나의 뼈를 하얼빈 공원 곁에 묻어 두었다가 우리나라가 주권을 되찾거든 고국으로 옮겨다오. 나는 천국에 가서도 또한 우리나라의 독립을 위해 힘쓸 것이다. 너희들은 돌아가서 국민 된 의무를 다하며, 마음을 같이하고 힘을 합하여 큰 뜻을 이루도록 일러다오. 대한 독립의 소리가 천국에 들려오면 나는 춤추며 만세를 부를 것이다."고 했다.

1910년 3월 26일 오전 10시, 뤼순 감옥의 하늘에서는 15년 전 전봉준 장군이 처형될 때처럼 하루종일 궂은비가 내렸다. 그날 뤼순 감옥에서 안중근의 사형이 집행되었다. 그때 그의 나이는 32세였다.

그런데 놀라운 사실은 당시 지배층들의 반응이었다. 순종은 "이토 공작이 하얼빈에서 흉악한 역도에게 화를 당했다는 보고를 받고 놀랍고 통분한 마음을 금할 수 없습니다. (중략) 안중근은 나라와 백성을 해치는 흉악범입니다."라고 했고, 그것도 모자랐는지 이토 히로부미에게는 '문충공文忠公'이란 시호와 함께 거금 10만 원을 국가 예산에서 부조했다.

여기서 만주 기행 얘기를 조금 더 해 보자.

하얼빈을 여행할 때, 안중근이 자신이 죽은 후에 묻어 달라고 했던 조린 공원에 갔었다. 원래는 하얼빈 공원이었는데, 지금은 중국의 혁명가 이조린의 이름을 따서 조린 공원으로 바뀌었다. 그런데 안중근은 왜 이 공원에 묻어 달라고 했을까? 그 궁금증을 풀기 위해 하얼빈에서의 그의 행적을 따라가 보자.

- 10월 21일 오전 8시, 블라디보스토크 기차역 출발.
- 10월 22일 오후 9시 10분, 하얼빈 역 도착.
- 마차를 타고 김성백의 집을 찾아가 숙박.
- 23일 이발하고 옷을 사 입은 뒤 하얼빈 공원 산책.
- 공원 앞 사진관에서 유동하, 우덕순 등과 사진 촬영.
- 동흥학교 김성옥 교장을 찾아가 도와달라고 함.
- 김성백 집에서 묵으며 밤에 호롱불 밑에서 '장부가'를 지음.
- 24일 오전, 차이지아고우 역으로 이동.
- 역사 여관에서 조도선, 우덕순 등과 함께 숙박.
- 25일 낮 12시 기차를 타고 하얼빈으로 돌아옴.

- 김성백의 집에서 하룻밤 기거.
- 26일 오전 7시 하얼빈 기차역 도착.
- 귀빈실 찻집에서 차를 마시면서 열차 도착을 기다림.
- 26일 오전 9시 30분, 거사.

　이 행적에 의하면 안중근은 딱 하루, 10월 23일만 하얼빈 공원에 갔을 뿐이다. 그런데도 한국이 독립될 때까지 자신의 뼈를 하얼빈 공원에 묻어 달라는 유언을 남긴 이유는 무엇일까? 자신의 뼈를 밟으며 조국의 독립을 잊지 말라는 뜻이었을까? 어쨌든 그런 인연 때문인지 조린 공원에는 안중근의 글씨를 새긴 비석이 두 개나 있었다.

　조린 공원을 나와 안중근 의사가 이토 히로부미를 저격했다는 하얼빈 역에 가 보았다. 그런데 그곳에는 그냥 플랫폼 바닥에 세모 표시만 해 놓았을 뿐 표지석 하나 보이지 않았다. 그 자리에 원래는 표지석이 있었는데, 역사 신축 과정에서 철거되고 역사 바닥 타일에 세모와 네모 표시만 해 놓았다고 한다. 조금 허망했다.

　그런데 더욱 아이러니한 사실은 이런 항일 유적지를 찾는 이들은 거의 일본인들이라는 사실이다. 뒤에 다시 얘기 하겠지만 용정에 있는 윤동주 묘를 찾아낸 것도 일본인이라니, 우리가 철저히 반성해야

하얼빈 역, 그 역사의 현장 열차에서 내려 모자를 벗어 인사하는 이토 히로부미(위). 안중근 의사는 이토 히로부미를 저격한 후 코레아 우라(대한독립 만세!)를 외쳤다. 그 역사의 현장은 현재 하얼빈 역 플랫폼에 세모 표시(아래)로만 남아 쓸쓸하게 그날의 역사를 증거하고 있다. 가운데 사진은 중국 하얼빈 공원에 새겨진 안중근 의사의 글씨가 새겨진 비석.

할 대목인 것 같다. 일본인들도 존경해 마지않는 우리 애국지사들을 정녕 우리는 어떻게 대하고 있는지에 대해서 말이다.

더욱 속상한 사실은 안중근 의사의 유해가 아직 돌아오지 못하고 있는 것이다. 그의 유해를 찾지 못했기 때문인데, 유해가 묻혔을 것으로 추정되는 뤼순 감옥 사형장 근처는 현재 아파트로 변해 버린 상태다. 효창 공원에 안 의사의 가묘를 조성해 놓았지만 그의 유해가 언제 돌아올지 불투명한 현실이다.

얼마 전 국회 헌정 기념관 앞에 있던 안중근 의사 동상을 부천 중동공원으로 옮겼다. 2009년 9월 국내로 들어와 헌정기념관 앞에 임시 설치됐던 안 의사 동상은 하얼빈 의거 100돌이 되는 10월 26일 '안중근 공원'으로 이름이 바뀐 부천시 중동공원으로 옮겨 제막식을 한 것이다. 원래 이 동상은 하얼빈 시내에 세워져 있었는데, 중국 당국에 의해 11일 만에 철거되었다. 조선인의 항일 투쟁 흔적을 모두 지우고자 하는 중국의 속내를 확인할 수 있는 대목이다. 어쨌든 국내로 돌아온 안 의사 동상은 임시로 국회에 세워 놓았고, 의거일에 맞춰 부천 안중근 공원으로 옮긴 것이다.

의사, 열사, 지사의 차이

의사 義士 나라와 민족을 위해 항거하다가 의롭게 죽은 분인데, 주로 무력으로 싸우다 죽은 사람을 가리킬 때 쓰는 말이다(군인에게는 쓰지 않는다). 예를 들어 안중근 의사, 윤봉길 의사의 경우다. 열사 烈士 나라와 민족을 위하여 저항하다가 의롭게 죽은 분인데, 주로 맨몸으로 싸우다 죽은 분을 가리킬 때 쓰는 말이다. 이준 열사, 유관순 열사 등의 경우다.
지사 志士 나라와 민족을 위하여 제 몸을 바쳐 일하려는 뜻을 가진 사람으로 나라의 독립을 위해 헌신하고 투쟁하신 분들을 말한다.

9자가 들어간 해에 일어난 큰 사건

1909년 안중근 의사 의거가 1909년에 일어났으니 2009년은 의거 100주년이었다.
1919년 고종이 서거 했고, 3·1운동이 일어났다. 2009년은 고종 90주기, 3·1운동은 90주년이었다.
1949년 김구 선생이 암살당했다.
1959년 조봉암 선생이 사형당했다.
1979년 10월 26일 박정희 대통령이 서거했다.
2009년 두 분의 전 대통령, 노무현 대통령과 김대중 대통령이 한꺼번에 돌아가신 슬픈 해이다.

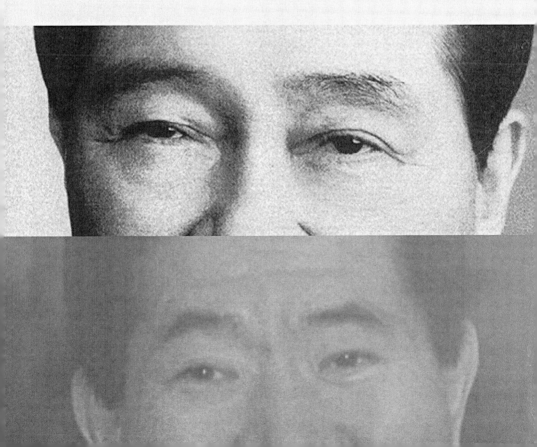

거국가

1910년 4월, 도산 안창호 선생이 미국으로 망명길에 오르면서 당시의 심정을 다음과 같이 노래로 읊었다.

간다 간다 나는 간다 너를 두고 나는 간다

잠시 뜻을 얻었노라 까불대는 이 시운이

나의 등을 내밀어서 너를 떠나가게 하니

이부터 여러 해를 너를 보지 못할지나

그 동안에 나는 오직 너를 위해 일하리니

나간다고 서러 마라 나의 사랑 한반도야

간다 간다 나는 간다 너를 두고 나는 간다
저 시운을 대적타가 열혈루 뿌리고서
네 품속에 누워 자는 내 형제를 다 깨워서
한번 기껏 해 보았으면 속이 시원하겠다만
나중 일을 생각하여 분을 참고 떠나가나
내가 가면 영 갈쏘냐 나의 사랑 한반도야

간다 간다 나는 간다 너를 두고 나는 간다
내가 너를 작별한 후 태평양과 대서양을
건널 때도 있을지며 시베리아 만주들에
다닐 때도 있을지니 나의 몸을 부평같이
어느 곳에 가 있던지 너의 생각 할 터이니
너도 나를 생각하라 나의 사랑 한반도야

간다 간다 나는 간다 너를 두고 나는 간다
지금 이별할 때에는 빈주먹을 들고 가나
후일 상봉할 때에는 기를 들고 올 터이니
눈물 흘린 이 이별이 기쁜 환영 되리로다
악폭풍우 심한 이 때 부대부대 잘 있거라

훗날 다시 만나보자 나의 사랑 한반도야

'거국행', '한반도 작별가'. '간다 간다. 나는 간다'라는 제목으로도 알려져 있는 이 노래는, 망명 전 〈대한매일신보〉에 소개되었고, 이후 국외 동포 사회로 번져 나가 미주 〈신한민보〉에도 소개되었다. 이 노래는 모두 4절로 이루어졌는데, 많은 민족 사립학교에서 애창되기도 했다. 그러나 조선 총독부가 일본에 반항하는 노래로 여겨 부르지 못하게 했다.

각 절마다 앞부분에는 '간다 간다 나는 간다', 뒷부분에는 '나의 사랑 한반도야'라는 구절을 반복함으로써 리듬감을 주고 있다. 1절에서는 조국과의 어쩔 수 없는 이별에 대한 심정을, 2절에서는 구국 독립의 의지를, 3절에서는 해외 생활 속에서도 한결같은 조국애를, 4절에서는 조국의 안녕과 광명의 그날을 기약하는 염원을 담았다. 문학사적으로 보면 개화기 국문 시가의 특징을 지닌 우국 가사의 하나지만, 문학성보다는 역사적 상황과 관련된 심정을 노래함으로써 국난을 극복해 가려는 의지를 나타내고 있는 작품으로 볼 수 있다.

안창호는 1878년 평안남도 강서군에서 태어났다. 미국 유학생 신분이던 1905년, 일본이 을사조약으로 대한 제국의 외교권을 빼앗아 가자 귀국하여 '대한 사람은 실력을 길러야 한다.'고 역설하며 애국

계몽 운동을 펼쳤고, 신민회, 대성학교 설립 등을 위해 노력했다. 한일 병합 이후인 1913년 흥사단을 창립하였고, 1919년 4월 선포된 대한민국 임시 정부의 내무총장에 임명되었다. 그는 주로 '실력 양성'과 '인재 육성'을 외쳤는데, 그래서 대통령감이나 민족 지도자로 늘 떠받들어졌다. 1930년 상해에서 한국독립당을 결성했다가 1932년 체포되어 옥살이를 했는데, 출소 후에는 주로 고향에 머무르면서 자신을 찾아오는 사람들을 가르치는 일을 했다. 1937년 수양 동우회 사건으로 다시 체포되어 서대문 형무소에 수감되었고, 이듬해 60세를 일기로 별세했다. 호는 도산島山이다.

그러나 그의 견해에 찬성하지 않는 사람들도 많았다. 당장 싸울 인력도 부족한데 무슨 인재 양성이냐는 게 반대의 이유였다. 또한 안창호의 주장이 민족의 투쟁 의욕을 거세할 수도 있다고 생각했다. 또한 실력 양성은 어디까지나 독립 투쟁의 과정이지 그 자체가 목적일 수는 없는데, 안창호의 말을 따르면 독립 투쟁은 없어지고 실력 양성만 남게 된다고 보았다.

한편 안창호가 이광수의 민족 개조론과 비슷한 자학적인 민족관을 가지고 있었다고 문제 삼는 사람도 있다. 그의 독립 운동 또한 알려진 것처럼 그다지 치열하지 않았으며, 활동 무대도 주로 외국이었고, 직접적인 저항보다는 실력 양성을 내세웠다는 점에서 그를 그다

대한민국 임시 정부 국무원 기념 사진(1919년 10월 11일). 앞줄 왼쪽부터 신익희, 안창호, 현순이고, 뒷줄 왼쪽부터 김철, 윤현진, 최창식, 이춘숙이다.

지 높게 평가하지 않는 사람들도 많다. 특히 그의 연보를 보면, 윤봉 길 의사의 상해 홍구 공원 거사에 연루되어 형을 살았다고 기록되어 있는데, 그 이면을 들여다보면 그는 당시 상해에서 독립 운동보다는 순회 강연과 이상촌 건설에 더 힘썼다고 한다. 그는 김구의 폭력 저 항에 늘 반대하는 입장을 고수했는데, 그래서 김구는 윤봉길의 거사 사실을 안창호에게는 사전에 알리지도 않았다고 한다. 윤봉길 의사의 거사 후 김구 일행은 곧장 대피했지만 안창호는 아무것도 모른 채 대피하라는 전달을 무시하고 있다가 체포된 것이었다고 한다.

또한 그는 민족 경제 확립을 위해 물산 장려 운동 등 국산품 애용과 민족 기업 육성을 강조했다. 그러나 국산품 애용이라는 말도 현실을 도외시한 측면이 있었다고 보는 견해도 있다. 왜냐하면 외제를 쓰느냐 국산품을 쓰느냐의 문제는 극소수 상류 계층에게나 해당하는 것이었을 뿐이고, 당시 대다수 조선인들은 생존 수준에도 못 미치는 생활을 하고 있었기 때문이다.

또 안창호는 누가 잡아가려고 해서 탈출한 것이 아니라 자신의 장래를 위해서 미리 떠나간 것이라는 견해가 있다. 그래서인지 당시에 '너만 달아나면 제일이냐?'는 야유성의 풍자 만화도 있었다고 한다. 그에 대한 평가는 다소 엇갈리지만, 어쨌든 그의 호를 따서 지은 '도산대로'에는 오늘날 많은 차들이 다니고 있고, 강남구에 위치한 '도산공원'은 도심 속의 작은 휴식 공간으로 자리 잡고 있다.

충 욕 불 경

1949년 3월. 안중근 의사 순국 40주년을 맞아 백범 김구 선생이 안중근 의사를 위해 쓴 시이다.

읽어 보면 알겠지만, 나라야 어떻게 되든 말든 오로지 권력과 이권 때문에 온갖 불의를 일삼는 자들을, 불에 뛰어드는 나방과 썩은 쥐를 찾아 헤매는 올빼미에 비유하고 있다. 민족의 통일에는 관심이 없고, 오로지 권력욕에 사로잡힌 당시 위정자들을 겨냥함과 동시에 안중근 의사의 거룩한 삶과 죽음을 되새기고 있다.

불나방이나 올빼미와는 다른, 정반대의 삶을 살다간 안중근 의사의 삶이 느껴지는 시를 한번 읽어 보자.

영욕에 초연하여 그윽이 뜰 앞을 보니

꽃은 피었다 지고,

가고 머무름에 얽매이지 않고 하늘가 바라보니

구름은 모였다 흩어지는구나.

맑은 창공 밝은 달 아래 마음껏 날아다닐 수 있어도

불나비는 유독 촛불만 쫓는다.

맑은 물 푸른 숲에 먹을 것 가득하건만

올빼미 유난히도 썩은 쥐를 즐긴다.

아! 세상에 불나비와 올빼미 아닌 자

그 얼마나 될 것인가?

김구 선생의 호는 백범白凡. 미천한 백성을 상징하는 백정의 '백白'과 보통 사람이라는 범부의 '범凡' 자를 따서 지었다.

김구 선생은 1876년 8월 황해도 해주에서 외아들로 태어났다. 유년기에는 천연두를 앓았는데, 그 때문에 얼굴에 얽은 자국이 남게 되었다고 한다. 집안은 가난했지만 9세 때부터 한글과 한문을 배워 책을 읽을 수 있었는데, 배움의 중요성을 알았던 어머니 곽낙원 여사가 베를 짜서 번 돈으로 김구를 가르친 덕분이었다.

그의 나이 19세에는 동학의 접주가 되어 동학군의 선봉장으로 해

주성을 공략했다. 이 사건으로 1895년 신천 안태훈의 집에 은거하게 되었는데, 당시 그의 아들인 안중근과 함께 지냈다. 그러나 그 후 일본군을 죽인 죄로 붙잡혀 인천 감리서에 투옥되었다가 탈옥했다. 그 일로 도피하던 중 공주 마곡사에서 승려가 되었고 원종이라는 법명을 받았지만 다시 환속했다. 1909년 가을 안중근의 거사에 연좌되어 해주 감옥에 투옥되었다가 석방되었다.

그 후 1919년 3·1 운동 직후 상해로 망명하여 대한민국 임시 정부의 초대 경무국장이 되었고, 1923년 내무총장, 1924년 국무총리 대리, 1926년 12월 국무령에 취임했다. 1945년 해방이 되자 임시 정부 국무위원 일동과 함께 제1진으로 환국했고, 그해 12월 28일 모스크바 3상회의에서의 신탁 통치 결의가 있자 신탁 통치 반대 운동에 앞장섰다. 그 후 1947년 11월 국제 연합 감시 하에 남북 총선거에 의한 정부 수립 결의안을 지지하면서, 그의 논설 '나의 소원'에서 밝히기를 '완전 자주독립 노선만이 통일 정부 수립을 가능하게 한다.'고 역설하였다. 그러나 안타깝게도 1948년 초 북한이 국제 연합의 남북한 총선거 감시위원단인 국제 연합 한국 임시위원단의 입북을 거절함으로써, 선거 가능 지역인 남한만의 단독 선거가 결정되었다. 하지만 이러한 상황에서도 김구는 남한만의 선거에 의한 단독정부 수립 방침에 절대 반대하는 입장을 취하였고, '3천 만 동포에게 읍고泣告함'

이라는 성명서를 통해 마음속의 38 선을 무너뜨리고 자주독립의 통일 정부를 세우자고 호소했다.

그의 이런 노력에도 불구하고 그해 8월 15일과 9월 9일에 서울과 평양에 남북한의 단독 정부가 각각 세워졌다. 그 뒤에도 민족 분단의 비애를 딛고 재야에서 민족 통일 운동을 전개했는데, 이듬해 6월 26일 서울 서대문구에 있던 자택 경교장현재 강북삼성병원 건물에서 육군 소위 안두희에게 암살 당하고 말았다. 전 국민의 애도 속에서 국민장으로 효창 공원에 안장되었는데, 그의 나이 만 73세였다. 4·19혁명 뒤 서울 남산공원에 동상이 세워졌으며, 저서로는 유명한 <백범일지>를 남겼다.

원 백범 공원 안에 세워진 백범 김구 선생 동상(위)과 어머니 곽낙원 여사 동상.

지금까지 살펴본 것처럼 김구

선생은 실로 파란만장한 삶을 살았다. 특히 인천 감옥에 갇혔던 일 때문에 인천과도 인연이 깊은데, 그래서 1997년 10월 인천 시민들이 모은 성금 7억 원으로 인천 대공원 백범 공원 안에 백범 동상을 세웠다. 또 김구 선생의 동상 왼쪽 10m 뒤에는 백범의 어머니인 곽낙원 여사의 동상도 세워졌다. 한복 차림에 오른손에 그릇을 안은 곽 여사의 동상은 백범이 인천 감옥소에 갇혀 있을 때 곽 여사가 식사를 준비해 교도소로 가져가는 모습을 재현한 것이라고 한다.

곽 여사 동상은 서울 효창 공원 김구 선생 기념관 안에 있던 것을 이곳으로 옮겨왔는데, 백범 동상이 세워진 곳은 인적이 드물어 거의 '방치' 수준이다. 인적이 드문 곳에 자리 잡고 있으니 공원을 찾아온 시민들조차 백범 동상이 공원 안에 있는 줄도 모르는 경우가 허다하다. 이런 이유로 지금 인천에서는 김구 선생의 동상을 옮기자는 얘기가 나오고 있는데, 시와 시민 사회의 의견이 약간 다르다. 시에서는 송도 신도시 중앙 공원 쪽으로 옮기고 싶어 하는 것 같고, 시민 사회에서는 김구 선생의 숨결이 느껴지는 곳, 즉 김구 선생이 투옥되었던 감리서 자리나, 강제 노동을 했던 인천항 쪽으로 옮기자는 의견이다.

세월이 많이 흐른 지금의 기준으로 봐도 김구 선생의 사상은 매우 훌륭하다. 국어 교과서에는 '나의 소원'이라는 유명한 글이 나오는데, 문화 국가가 되기를 바라는 김구 선생의 사상은 많은 세월이 지난 지금 읽어 봐도 매우 뛰어난 글임을 느낄 수 있다. 특히 '내가 원하는 우리나라'에서는 문화의 중요성을 역설하면서, 우리 민족이 우수한 문화

김구 선생의 묘 효창공원에 있다.

를 지닌 나라가 되기 위해서는 서로 화합하고 남을 위할 줄 알아야 한다는 점을 밝히고, 교육자와 청년 학도들에게 이를 교육의 힘으로 이루어 주기를 당부하고 있다.

이 책을 쓰기 위해 효창 공원을 방문했는데, 임시 정부의 요인들이 잠들어 있는 효창 공원의 관리는 부실해 보였고, 특히 일곱 분의 독립 애국지사 영정을 모신 '의열사'는 아예 문을 굳게 잠가 놓았다. 더구나 효창 공원 옆의 효창 운동장이 공원을 가리고 있어서 길에서는 잘 보이지도 않아 안타까움이 컸다. 상해 임시 정부의 법통을 이었다는 대한민국에서 임시 정부의 주석이었던 분을 이렇게 대우해도 되는지 참으로 이해하기 어려웠다. 특히 이러한 상황은 결국 스스로의 정통성을 부인하는 증거인 것 같아 마음이 씁쓸했다.

권고현내각 勸告現內閣

을사오적이 누군지 아는가? 박제순朴齊純(외부대신), 이지용李址鎔(내부대신), 이근택李根澤(군부대신), 이완용李完用(학부대신), 권중현權重顯(농상공부대신)이 바로 을사오적이다. 일본이 강제로 을사조약을 체결할 때 찬성한 사람들이다. 100년도 더 지난 일이고, 직접 체험한 일이 아니라서 조약 체결 당시의 상황을 자세히 알기 어렵지만, 을사오적의 매국 행위에 대한 민중들의 생각이 어떠했는지를 다음 개화 가사에서 확인할 수 있다. 현 내각에 권고하는 내용의 이 개화 가사는 이완용에게는 수신제가도 못한 사람이 치국을 잘할 리가 있냐면서 회개하라고 하고, 송병준에게는 내무대신의 지위가 막중한데 나라를 팔아먹고 있다며 준열히 꾸짖는 내용이다.

이완용씨 드르시오 총리대신 뎌 지위가

일인지하 만인지상 그 책임이 엇더한가

수신제가 못한 사람 치국인들 잘한손가

전일사는 여하턴지 금일부터 회개하여

가정기풍 바로잡고 백도정무百度政務 유신하야

중흥공신 되여 보소

송병준씨 드르시오 내무대신 뎌 지위가

중외정무 총찰하고 관리현우賢愚 전형이라

그 책임이 지중인데, 공의 정책 말할진데

매국적을 면할손가

　　개화기에 제작 · 발표된 한국 시가의 한 양식을 개화 가사라고 하
는데, 그 내용은 주로 개항과 함께 한국 사회의 과제가 된 문명 개화
와 진보 · 발전 · 부국강병의 의지를 반영하고 있다. 그러나 형식적인
면에서는 고전 시가의 양식인 가사의 전통을 그대로 잇고 있다고 볼
수 있다. 시기적으로 이 유형에 속하는 작품들은 창가나 신체시보다
앞서 제작 · 발표되었다. 따라서 개화 가사는 한국 시가 사상 최초로
형성된 근대적 양식이라고 할 수 있다. 개화 가사의 어투는 대개 직
설적이어서 상당히 강한 현실 비판과 고발의 입장을 취하고 있다.

절명시

어지러운 세상 머리털 희게 겪고
몇 번 죽으려 했으나 뜻을 이루지 못했네.
이제는 참으로 어쩔 수 없으니
찬란한 촛불 하나 푸른 하늘을 비치네.

요망한 기운에 가려 임금 자리 옮겨지니
궁궐은 어둠침침하고 시간은 멈춰 섰네.
조칙 또한 이번이 마지막이 될 것이니
종이 위에 눈물만 흘러내리네.

새와 짐승도 울고 온 산천도 찡그리니

무궁화 화려 강산 기어이 망해 버렸구나.

가을 등불 아래 읽던 책 덮고 지난날 생각하니

글 아는 사람 노릇하기 참 어렵기만 하네.

일찍이 나라 위해 작은 공도 세우지 못했으니

내 몸 하나 희생될지언정 애국이라 할 수도 없네.

겨우 송나라 윤곡˚처럼 자결할 뿐이니

진동˚처럼 기개를 펴지 못한 것이 부끄럽기만 하네.

이 시는 "가을 등불 아래 읽던 책 덮고 지난날 생각하니, 글 아는 사람 노릇하기 참 어렵기만 하네."라는 구절로 유명한 매천 황현의 절명시이다. '절명'이란 목숨을 끊는다는 뜻이니, 유언시라고도 할 수 있다. 이 시를 쓴 황현 선생은 1910년 경술국치 소식을 듣고 자결 순국한, 행동하는 선비의 표상이라고 할 수 있다.

그는 어려서부터 글솜씨가 뛰어나 한말 삼재韓末三才의 한 사람으로 일컬어졌다고 한다. 29세 때 부모의 소망을 풀어 드리기 위해 과

˚윤곡과 진동 : 윤곡은 송나라 사람으로 몽고군이 쳐들어왔을 때 온 가족이 자결하였고, 역시 송나라 충신 진동은 임금에게 바른 소리를 했다가 죽음을 당한 인물이다.

매천 황현 선생 일제에 나라를 빼앗기자 지식인으로서 책임을 통감하고 자결하였다.

거에 응시해 합격하였으나, 시골 출신이라는 이유로 2등으로 떨어뜨리는 것을 보고는 벼슬길에 나가는 것을 단념했다고 한다. 그 후 전남 구례에 칩거하면서 시를 쓰고 책을 쓰는 데 힘썼다. 그러던 중 을사조약이 체결되었다는 소식을 듣고 매국노를 규탄하는 시 '문변삼수聞變三首'를 지어 을사오적의 매국적 행위를 규탄했고, '오애시伍哀詩'를 지어 민영환·조병세 등 을사조약에 반대하여 순국한 애국지사를 애도하고 우국충정을 기리기도 했다. 1910년 일제에 의해 끝내 나라가 망했다는 소식이 들려오자, 지식인으로서 책임을 통감하며 절명시 4수와 유서를 남긴 채 자결 순국하고 말았다. 선생이 남긴 시는 무려 1,015수에 달하는데, 선비로서 행동하는 양심의 본보기를 보여 준 그의 문학은 한용운, 윤동주 등에게 커다란 영향을 끼쳤다.

그가 죽으면서 남긴 또 다른 글 '유자제서'의 내용을 보면 '내가

(벼슬을 하지 않았기에) 가히 죽어 의리를 지켜야 할 까닭은 없으나, 다만 이 나라가 선비를 키워온 지 500년에 나라가 망한 날 선비 한 사람도 책임을 지고 죽는 사람이 없다면, 어찌 애통하지 않겠는가. 나는 위로는 한결같은 마음의 아름다움을 저버리지 않았고, 아래로는 평생 읽던 좋은 글의 의리를 저버리지 아니하려, 길이 잠들려 하니 통쾌하지 아니한가. 너희들은 내가 죽는 것을 지나치게 슬퍼하지 말라.'라고 적고 있다.

그의 또 다른 시 '을사늑약의 소식을 전해 듣고'라는 시를 보자.

한강물이 울먹이고 북악산도 찡그리는데
세갓집 벼슬아치 예 그대로 노니는구나.
동포들이여 청하노니 역대의 간신전을 읽어 보오.
나라 팔아먹은 놈치고 나라 위해 죽은 자는 없었다오.

황현 선생이 '나라 팔아먹은 놈치고 한 사람도 책임을 지고 죽는 사람이 없다.'고 탄식하며 끝내 자살을 선택한 것은 자신이 죽음으로 해서 민족적인 자존심을 지키고자 한 것은 아니었을까.

오직 이 한 목숨 던지노라

여러 말이 필요 없을 때가 있다. 단 세 줄에 불과한, 이중언의 이 시에서 그야말로 나라를 빼앗긴 백성이 목숨을 바쳐 나라를 구하고자 하는 강렬한 의지를 읽을 수 있다. 일제 강점기에 나라를 위해 목숨을 끊은 많은 순국지사들 중에서도 이중언은 스스로 곡기를 끊고 단식으로 생을 마감한 분이다.

한 치 흔들림 없이
빼앗긴 내 나라 위해
오직 이 한 목숨 던지노라

1850년 안동에서 이황의 11대손으로 태어난 이중언은 1882년 임오군란이 일어나자 관직을 사퇴하고 봉화에 은거하며 농사를 지었다. 1895년 을미사변과 단발령의 시행으로 인해 을미의병이 전

을사7적 을사오적은 박제순, 이완용, 이지용, 이근택, 권중현 등인데 법무대신 이하영과 탁지부 대신 민영기를 포함시켜 을사7적으로 부르자는 견해도 있다.

국적으로 일어났는데, 그는 안동 등지를 중심으로 일어선 김도현 의병에 가담하여 전방장으로 활약했다. 1905년 을사늑약이 체결되자 선생은 상경하여 죽음을 각오하고 '청참오적소請斬伍賊疏, 다섯 역적의 목을 베소서'라는 상소문을 임금께 올리고 돌아온 뒤 세상과 발을 끊었다. 1910년 경술국치를 당하자 '내가 을사 이후 지금까지 한 가닥의 목숨을 구차하게 연장했으나 그도 본의가 아니었는데, 지금 종사가 필경 이 꼴이 되었으니 내 어찌 목숨을 유지해 감히 사람이로다 자처하겠는가. 왜적 치하에서는 살려고 음식 먹는 일은 않겠다. 한 치 흔들림 없이 빼앗긴 내 나라 위해 오직 이 한 목숨 던지노라.'며 단식을 결심한 그는 일제의 온갖 협박과 회유에도 굴하지 않고 맞서다가 10월 4일, 단식 27일째 되던 날 결국 생을 마감했다. 그는 가장 강력한 방법으로 일제에 저항했으며, 그의 추상같은 준열한 정신이 있어 결국 우리나라를 되찾을 수 있었던 것이다. 지난 2009년 10월 15일, 목천 독립 기념관 시어록비 공원에 그의 어록비가 세워졌다.

이천만 동포에게 드림

오호라,

나라와 민족의 치욕이 이 지경에까지 이르렀구나.

생존경쟁이 심한 이 세상에서 우리 민족이 장차 어찌 될 것인

가.

무릇 살기를 원하는 사람은 반드시 죽고

죽기를 기약하는 사람은 살아나갈 수 있으니,

이는 여러분들이 잘 알 것이다.

나 영환은 한 번 죽음으로써 황은을 갚고

우리 이천 만 동포 형제들에게 사謝하려 한다.

영환은 이제 죽어도

혼은 죽지 아니하여 구천에서 여러분을 돕고자 한다.

바라건대 우리 동포 형제여,

천만 배나 분려奮勵를 더하여 지기를 굳게 갖고 학문에 힘쓰며,

마음을 합하고 힘을 아울러 우리의 자유 독립을 회복할지어다.

그러면 나는 지하에서 기꺼이 웃으련다.

오호라,

조금도 실망하지 말지어다.

우리 대한 제국 이천 만 동포에게 마지막으로 고하노라.

민영환 선생의 유서다. 민영환 선생은 1905년 11월 30일 을사조약의 체결을 개탄하며 이 유서를 남기고 자결했다. 그는 세 통의 유서를 남겼는데, 한 통은 국민의 각성을 요망하는 내용이었고, 다른 한 통은 주한 외교 사절들에게 일본의 침략을 바로 보고 한국을 구해 줄 것을

민영환과 혈죽 민영환이 자결한 자리에 솟아났다는 혈죽 사진으로, 당시 신문에 실린 것이다. 민영환의 피 묻은 옷을 간직한 방에서 자라났다고 한다.

바라는 내용이었으며, 또 다른 한 통은 황제에게 올리는 유서였다. 그의 자결 소식이 전해지자 조병세를 비롯해 홍만식, 이상철, 김봉학 등 많은 인사들이 스스로 목숨을 끊었고, 그의 인력거꾼도 그를 따라 목숨을 끊었다.

민영환은 고종 15년 문과에 급제한 후 미국 공사를 지냈고, 군부대신으로 있을 때는 영국·독일·프랑스·이탈리아·오스트리아 등 여러 나라를 방문해서 신문명에 두루 밝았다. 외국에 나갈 때 처음으로 양복을 입은 사람이 바로 민영환인데, 그 다음부터 사신으로 외국에 가는 사람들은 모두 양복을 입게 되었다고 한다. 죽은 후에 충정공이라는 시호를 받았는데, 그와 관련한 일화 '혈죽血竹' 이야기를 당시 신문 보도를 통해 확인해 보자.

공의 집에 푸른 대나무가 자라났다. 생시에 입고 있었던 옷을 걸

어두웠던 협방 아래서 푸른 대나무가 홀연히 자라난 것이라 한다.
이 대나무는 선죽과 같은 것이니 기이하다. 대나무의 45개의 잎은
순국할 때의 나이와 같은 숫자여서 더욱 신기하게 여겼다.

민영환이 자결한 자리에서 피 묻은 대나무가 자라났다는 내용이
다. 민영환이 자결하고 8개월이 지나자, 피 묻은 옷을 간직한 방에서
푸른 대나무가 솟아올랐는데 민영환의 피를 먹고 대나무가 자라났
다는 이야기가 떠돌았다. 사실 여부를 떠나서 그 당시의 민심이 반
영된 이야기로 볼 수 있다. 이 '혈죽 사건'을 소재로 임우순이 쓴 '감
영 대한매일신보 충정공 죽화본'이란 시를 하나 더 읽어 보자.

동방세계 천고에

처음 난 혈죽이여

뜻 새겨 펴 놓은

조릿대 새순들이여

가지와 잎사귀는 신기하게도

날카로운 칼날 이룬 듯하고

일대에 두 마음 품으면

경계하여 목 베일 기상이여

정인보

삼일절 노래

우리나라 헌법 전문에 "3·1 운동으로 건립된 대한민국 임시 정부의 법통과 불의에 항거한 4·19 민주 이념을 계승한다."라는 구절이 있다. 헌법 전문에 나타나 있듯이 3·1 운동은 대한민국의 근간이라고 할 수 있다. 헌법 전문을 읽어 보자.

유구한 역사와 전통에 빛나는 우리 대한국민은 3·1 운동으로 건립된 대한민국 임시 정부의 법통과 불의에 항거한 4·19 민주 이념을 계승하고, 조국의 민주 개혁과 평화적 통일의 사명에 입각하여 정의·인도와 동포애로써 민족의 단결을 공고히 하고, 모든 사회적 폐습과 불의를 타파하며, 자율과 조화를 바탕으로 자유민주적 기본 질서를 더욱 확고히 하여 정치·경제·사회·문화의 모든 영역에 있어서 각인의 기회를 균등히 하고, 능력을 최고도로 발휘하게 하며, 자유와 권리에 따르는 책임과 의무를 완수하게 하여, 안으로는 국민 생활의 균등한 향상을 기하고 밖으로는 항구적인 세계 평화와 인류 공영에 이바지함으로써 우리들과 우리들의 자손의 안전과 자유와 행복을 영원히 확보할 것을 다짐하면서 1948년 7월 12일에 제정되고 8차에 걸쳐 개정된 헌법을 이제 국회의 의결을 거쳐 국민 투표에 의하여 개정한다.

1987년 10월 29일

지금이야 그렇지 않지만 내가 초등학교에 다닐 때만해도 국경일에는 행사를 꼭 치르고 넘어갔던 것 같다. 쉬는 날이라서 수업은 하지 않았지만 기념식을 하러 10시까지 학교에 등교했던 기억이 새롭다. 지금 생각하면, 당시의 박정희 군사 정권이 국민들을 다잡기 위하여 그런 동원 체제를 매우 중요하게 여긴 것 같다. 생각해 보니 학교에서 기념식 노래를 모아 놓은 음반도 사게 했던 것 같다. 그래서인지 그 시대에 학교를 다닌 사람이라면 이 삼일절 노래를 정확하게 부를 수 있을 것이다. 그때의 감정으로 돌아가서 삼일절 노래를 한번 불러 볼까!

기미년 삼월 일일 정오

터지자 밀물 같은 대한 독립 만세

태극기 곳곳마다 삼천만이 하나로

이 날은 우리의 의요 생명이요 교훈이다

한강물 다시 흐르고 백두산 높았다

선열하 이 나라를 보소서

동포야 이 날을 길이 빛내자

노래도 불렀으니 3·1 운동이 일어난 역사적 배경에 대해 한번 알아보자. 일제는 식민 최고 통치 기구로 조선 총독부를 설치했고, 한국 사회를 식민지 지배 구조로 재편하기 위하여 1910년대에 폭압적인 무단 통치를 실시했다. 우리 민족은 무단 통치하에서 언론·출판·집회·결사의 자유 등 기본권을 박탈당했다. 학교에서는 민족 교육이 억압받았고, 종교계에서는 민족적 신앙이 탄압당했다. 이러한 탄압은 정치·사회뿐만 아니라 경제 분야에 이르기까지 자행되었다.

한말 이래 불법적으로 토지를 침탈해 온 일본인의 토지 소유가 법적으로 인정되었고, 광대한 토지가 국유지로 편입되었다. 이때 일제는 근대적 토지 소유권을 확립한다는 명분 아래 토지에 대한 지주의 권리만 인정했으며, 경작권 등 농민의 여러 권리는 완전히 부정했다. 이 때문에 많은 농민들이 몰락했고, 이들 중 일부는 도시로 흘러들어 도시 빈민·노동자가 되었다. 노동자가 된 조선인들은 장시간 노동, 비인간적 대우, 민족 차별 등 매우 어려운 환경 속에서 일본인들의 반에도 미치지 못하는 저임금을 받으면서 일했다. 이처럼 한일 병합 후 극소수의 친일파와 친일 지주를 제외하고는 거의 모든 계급·계층이 정치·경제·사회면에서 일제로부터 피해를 당했다. 그 결과 일본 제국주의에 대한 분노와 저항은 전 민족적으로 고조되기에 이르렀다.

삼일절 노래의 오류? 삼일절 노래 가사에서 '삼천만'은 잘못되었다는 지적이다. 1949년에 실시한 인구 조사 자료에는 당시의 인구가 2천 만 명이 조금 넘었다고 나오므로 3·1운동 당시에는 우리나라의 인구가 3천만이 안 되었다는 것이다.

이러한 가운데 1910년대 말에 국제 정세가 크게 변하였다. 1918년 1월 미국의 윌슨 대통령이 제1차 세계 대전 패전 국가의 식민지를 처리함에 있어 민족 자결주의를 적용하자고 주창했다. 이 민족 자결주의는 식민지 약소 민족을 크게 고무하여 식민지의 민족 해방 운동을 고양시켰다. 이런 분위기 속에서 도쿄에서는 유학생을 중심으로 1919년 2월, 2·8 독립 선언서를 발표했다.

이러한 해외의 움직임을 알게 된 손병희, 최린 등 천도교 측 인사들과 이승훈 등 기독교계 인사들이 국내에서의 독립 선언을 계획

3 · 1운동의 의의 전 민족적 항일 독립 운동이자 역사상 최대 규모의 민족 운동이었다.

했다. 여기에 불교계를 대표하는 한용운 등이 참여함으로써 천도교, 기독교, 불교 3개 교단이 국내 독립 선언의 주축이 되었다. 고종의 장례일인 3월 1일 정오, 서울을 비롯하여 평양·진남포·안주·의주·선천·원산 등지에서 동시에 독립 선언식이 이루어짐으로써 전국적인 민족 해방 운동이 전개되기 시작했다.

그러나 처음부터 운동을 준비한 종교계의 '민족 대표 33인'은 태화관에 모여 독립 선언의 취지만 밝힌 후 일제 경찰에 자수해 버렸다. 폭력 사태를 막으려고 했다는데, 약간 어이없는 일이기도 했다.

태화관에 얽힌 일화를 알아 보자. 매국노 이완용이 살던 집은 원

태화관 원래 이완용의 집이었으나 고목이 벼락을 맞아 요정으로 바뀐 적이 있었다.

래 헌종의 후궁이었던 경빈 김씨가 살던 집으로 '순화궁'으로 불렸는데, 1908년 이완용 손에 넘어갔다. 그런데 이 집의 고목이 벼락을 맞았고, 백성들 사이에서는 이완용이 천벌을 받았다는 소문이 퍼졌다. 그래서 이완용은 결국 이 집에서 살지 않게 되었고, 이 집은 나중에 요정 명월관으로 바뀌었다가 다시 태화관이 되었다.

일본 측이 발표한 자료에 의하면, 3월 1일 이후 시위 운동은 집회 횟수 1,542회, 참가 인원 202만 3,089명, 사망자 수 7,509명, 부상자 수 1만 5,961명, 피검자 수 5만 2,770명, 불탄 건물은 교회 47개소, 학교 2개교, 민가 715채나 되었다고 한다. 이것을 통해서 이 운동이 극소수 친일파와 친일 지주를 제외한 전 민족적 항일 독립 운동이자 계몽 운동, 의병 운동, 민중의 생존권 수호 투쟁 등 각계각층의 다양한 운동 경험이 하나로 수렴된 역사상 최대 규모의 민족 운동이었음을 알 수 있다. 비록 국내가 아닌 상해였지만, 3·1 운동의 결과로 인해 대한민국 임시 정부가 수립될 수 있게 되었다. 또한 이 운동은 중국 등의 해방 운동에도 영향을 미쳤다.

그런데 3월 1일이라는 날짜는 어떻게 정해졌을까? 원래 고종 황제의 인산^{발인}이 3월 3일로 결정되자 지방 사람들이 서울에 많이 모일 것으로 예측하여 거사 날짜를 3월 3일로 정했는데, 인산일을 택하는 것은 황제에 대한 불경이라는 천도교 측의 의견과, 2일은 일요일 안식일이므로 피하자는 기독교 측의 의견으로 결국 3월 1일로 결정되었다고 한다.

3·1 운동 후 일제는 군사력에 의한 무단 통치로는 더 이상 통치가 불가능하다는 것을 깨달았고, 또 국제 외교상의 비난을 면하기 위해서 무단 통치에서 소위 문화 통치로 식민지 지배 전략을 바꾸었다. 총독의 자격도 무관에서 문관으로 바꾸고, 헌병 경찰제 대신 보통 경찰제로 바꾸었으며, 〈동아일보〉, 〈조선일보〉 등 한국인에게 신문 발행을 허가하기도 했지만, 본질은 하나도 달라진 게 없었다.

유언

우리나라에서 세월이 아무리 흘러도 늙지 않는 사람이 누굴까? 정답은 유관순 누나다. 아직 살아 계시다면 100세가 넘는데도 우리는 늘 누나라고 부르지 않는가.

　다음에 함께 할 시는, 시가 아니라 유관순 열사의 유서다. 여성의 몸으로 온몸을 바쳐 독립 운동에 참가하였다는 것은 참으로 놀라운 일이다. 물론 여성을 폄하하려는 건 아니지만, 당시 여성들은 독립 운동에 참가했다 하더라도 대개 군자금 모금·전달이라든가 서류 또는 선언서를 전달·배포하는 일이었는데. 유관순은 16세의 소녀로 어른들과 어깨를 같이하며 운동을 계획하고 실행했다. 참으로 대단한 여성이지 않은가.

내 손톱이 빠져나가고,

내 귀와 코가 잘리고,

내 손과 다리가 부러져도

그 고통은 이길 수 있사오나,

나라를 잃어버린 그 고통만은 견딜 수가 없습니다.

나라에 바칠 목숨이 오직 하나밖에 없는 것만이

이 소녀의 유일한 슬픔입니다

충남 천안군 목천면에서 태어난 유관순^{1904년 3월 26일}은 3·1 운동 당시 이화학당에 다녔다. 3·1 운동으로 휴교령이 내려지자 고향으로 내려온 유관순은 독립 투쟁에 적극 참여했다. 그러나 결국 붙잡혀 여러 차례 모진 고문을 받다가 끝내 꽃다운 17세의 나이로 순국^{1920년 10월 12일}했다. 그녀가 마지막으로 남긴 말은 '일본은 망한다. 절대로 망하고야 만다.'는 유언이었다.

일본은 열사가 순국한 뒤에 시신을 토막 내 석유 상자에 보관하는 만행을 저질렀다. 그럼에도 불구하고 열사의 부모님은 만세 운동을 하다 총살당했으며, 오빠 또한 만세 운동으로 감옥살이를 하였다. 온 가족이 일제에 적극적으로 저항한 것이다. 열사의 몸을 토막 낼 수는 있었어도 열사의 정신만큼은 결코 토막 낼 수 없었던 것이다.

문월선, 김월희 김해중월, 문향희, 옥채주

해주 기생 독립 선언문

'기생' 하면 떠오르는 것은? 논개나 황진이? 그들은 모두 기생 중에서 역사적으로 유명한 사람들이다. 만약 논개가 일제 강점기에 태어났더라면 어땠을까?

여기 일제 강점기에 나라를 되찾기 위한 독립 만세 운동에 참여한 기생들이 있다. 나라를 되찾는 일에 기생이라고 예외일 수는 없었던 것이다. 1919년 3·1 만세 운동 후 기생 조합 소속의 기생들도 전국 각지에서 독립 만세 운동을 벌였는데, 특히 진주·수원·해주·통영 등지의 기생들은 독자적으로 만세 시위를 통한 항일 투쟁을 전개했다.

다음은 그들이 직접 쓴 선언문이다.

냇물이 모여 바다를 이루고

티끌 모아 태산도 이룩한다 하거든

우리 민족이 저마다 죽기 한하고

마음에 소원하는 독립을 외치면

세계의 이목은 우리나라로 집중될 것이요

동방의 한 작은 나라 우리 조선은

세계 강대국의 동정을 얻어

민족 자결 문제가 해결되고 말 것이다.

4월 1일 황해도 해주에서 기생들이 손가락을 깨물어 흐르는 피로 그린 태극기를 들고 만세 운동을 전개했다. 이에 용기를 얻은 민중들이 가세함으로써 만세 시위 군중은 3천 명에 이르렀다. 당시 해주 기생 중에는 서화에 능숙한 기생 조합장 문월선을 비롯해 학식 있는 여성들이 많았는데, 이날 만세 사건으로 문월선, 김해중월, 김월희, 문향희, 옥채주 등이 구금되어 옥고를 치렀다. 해주 기생들은, "천한 조선 기생 주제에 무엇을 알아 독립 만세를 불렀겠느냐, 분명 뒤에서 조종한 사람이 있을 것이다."라면서 온몸을 불로 지지는 일본 경찰의 고문에도 굴하지 않고, "우리는 일본 기생과 다르다. 내 나라를 사랑할 줄 아는 한 사람, 한 여자란 말이다."라고 당당하게 외쳤다.

기생들의 만세 시위 독립 만세 운동에 기생들도 예외는 아니었다. 3·1 운동 이후 전국 각
지의 기생들이 독자적으로 만세 운동을 주도하기도 했다.

이들은 독립 선언서를 구할 길이 없어, 국문으로 직접 자신들이 글
을 지어서는 활판소에 부탁해 전단 5천 장을 찍었다. 해주 기생들이
우리 글로 쓴 독립 선언서는 간결하고도 시원한 명문이다. 민족 대
표 33인의 이름으로 발표된, 한문 투로 쓴 독립 선언서보다 훨씬 진
솔하고 가슴에 와 닿는 것 같다.

　이밖에도 3월 19일, 진주에서는 기생 독립단이 태극기를 앞세우
고 촉석루를 향해 행진하면서 "우리는 자랑스러운 주논개의 후예다.
진주 예기의 전통 긍지를 잃지 말자."면서 독립 만세를 외쳤다. 이때

일본 경찰이 기생 6인을 붙잡아 구금하였는데, 한금화라는 기생은 손가락을 깨물어 "기쁘다, 삼천 리강산에 다시 무궁화 피누나."라는 혈서를 쓰기도 했다.

기생 김향화 수원 기생을 이끌었던 김향화.
1918년 발행된 〈조선미인보감〉에 실렸다.

3월 29일에는 수원 기생조합 소속의 기생들이 검진을 받기 위해 병원으로 가던 중 경찰서 앞에 이르러 독립 만세를 불렀다. 이들은 병원에서 돌아오는 길에도 경찰서 앞에서 다시 만세를 부르고 헤어졌다. 이 사건으로 주모자 김향화는 일본 경찰에 붙잡혀 6개월의 옥고를 치렀다.

4월 2일에는 경상남도 통영에서 정홍도·이국희 등의 기생들이 금비녀·금반지 등을 팔아 광목 4필 반을 구입해 만든 소복을 입고, 수건으로 허리를 둘러 맨 33인이 태극기를 들고 만세 시위 운동을 전개하다가, 3인이 붙잡혀 1년여의 옥고를 치렀다.

이들 모두는 기생이 아니라 독립투사들이었다. 사람들도 만세 운동을 벌인 기생들을 사상思想 기생이라 불렀으며, 이들은 남다른 정치의식과 사회의식을 지니고 있었다. 기생들은 대부분 가난에 쫓겨 팔려 온 여성들이었는데, 가난과 민족 차별의 서러움을 그 어느 여성보다 뼛속 깊이 느껴 오던 기생들이 독립을 위해 떨치고 일어난 건 어쩌면 당연한 일이었는지 모른다.

3·1 운동이 끝난 뒤 서울에 부임한 어느 일본 경찰은 이들 기생들을 다음과 같이 그렸다.

우리가 처음 부임하였을 때 경성의 화류계는 술이나 마시고 춤이나 추고 놀아나거나 하는 그런 기색을 조금도 보이지 않았다. 800명의 기생은 화류계 여자라기보다는 독립투사라는 것이 옳을 듯했다. 기생들의 빨간 입술에서는 불꽃이 튀고 놀러 오는 조선 청년들의 가슴속에 독립 사상을 불질러 주었다. 화류계를 출입하는 조선 청년 가운데 불온한 사상을 갖지 않은 자는 거의 없었고, 경성의 요정들은 모두 불온한 소굴로 화해 버렸다. 간혹 우리 일본인들이 기생집에 놀러가는 일이 있어도 그 태도는 냉랭하기가 얼음장 같고 이야기도 않거니와 웃지도 않는다. 더구나 노래나 춤을 청해도 못들은 체 묵묵히 술을 따를 뿐 때가 되면 사라지고 만다. 그 분위기야말로 유령들이 저승에서 술을 마시는 기분이다.

작자 미상

6·10 만세 운동 투쟁문

3, 4, 5월에는 유난히 독립 운동이나 민주화에 관련한 기념일이 많은데, 아무래도 날씨와 연관이 있을 것이다. 6·10 하면 1987년의 6·10 항쟁이 먼저 생각나는데, 독재 타도와 직선개 개헌을 외치면서 전국적으로 일어났던 6·10 민주 항쟁일이 6월 10일로 잡힌 것은 일제 강점기에 6·10 만세 운동이 있었기 때문이다.

조선 민중아
우리의 철천지원수는
'제국주의' 일본이다.
이천만 동포야.

죽음을 각오하고 싸우자.

만세 만세 조선 독립 만세

조선은 조선인의 조선이다.

횡포한 총독 정치를 구축하고 일제를 타도하자.

학교의 용어는 조선어로,

학교장은 조선 사람이어야 한다.

일본인을 조선의 영역으로부터 구축하자.

동양 척식 주식회사를 철폐하자.

일본인의 식민지를 철폐하자.

일체의 납세를 거절하자.

일본인 물품을 배격하자.

조선인 관리는 일체 퇴직하라.

공장의 노동자는 총파업하라.

소작제는 사륙제로 하고 공과금은 지주가 부담하라.

소작권은 이동치 못한다.

일본인 지주의 소작료는 주지 말자.

토지는 농민에게 돌려주라.

8시간 노동제 채택하라.

일제의 탄압 6·10 만세 운동 당시 시위 군중들을 말을 탄 일본 경찰이 진압하고 있다.

6·10 만세 운동¹⁹²⁶년은 6월 10일 순종조선의 마지막 임금의 인산因山(출상)을 기해 일어난 독립 운동으로, 고종 인산일을 기해 일어나 시민들이 많이 모일 수 있었던 3·1 운동 때처럼 황제 국장일을 거사일로 택한 것이다. 이런 사실을 잘 알고 있었던 조선 총독부는 3·1 운동을 거울삼아 매우 민감하게 대비했다. 그러나 오전 8시 30분경 황제의 상여가 종로 단성사 앞을 통과할 무렵, 중앙고보생이 전단을 뿌리며 만세를 부르기 시작했다. 이에 구경하던 모든 민중이 호응하여 함께 독립 만세를 불렀는데, 만세 운동은 그 후 순창·군산·정주·홍성·공주 등 전국으로 확산되었다. '6·10 만세 운동'으로 서울에서 200여 명이 체포되었고, 전국적으로는 1천여 명이 체포, 투옥되었다.

이 만세 운동은 3·1운동만큼 전국적이지는 못했으나 여전히 우리 민족의 독립을 쟁취하기 위한 소망이 내재되어 있음을 보여 주는 민

순종 황제

순종은 명성황후의 아들이다. 어머니를 칼로
찔러 죽이고 주검까지 불태워 버린 일제에 떠
밀려 즉위했으며, 1910년 나라가 망하는 것을
무력하게 지켜볼 수밖에 없었던 비운의 왕이
었다. 1926년 4월 25일 창덕궁에서 숨질 당시
"병합 조약 인준 당시 강린(일제)이 나를 유폐
하고 협제(협박)해 명백히 말할 수 없게 한 것
이므로 …… 고금에 어찌 이런 도리가 있으리
…… 말할 자유가 없어 지금까지 이르렀다."는
유언을 남겼다. 병합 조약은 자신이 한 것이
아니므로 파기돼야 한다는 것이다. 일제는 한
일 합방 조인서를 위조하여 불법적으로 병합
을 추진했다. 사진은 순종 인산일에 중랑천을
지나는 상여 행렬(위)과 제복을 입은 순종.

족 운동이었다. 그럼에도 불구하고 6·10 만세 운동은 3·1 운동에 비해 크게 덜 알려져 있다. 운동이 그리 크지 못했을 뿐만 아니라 사전에 발각되어 3·1 운동에 버금가는 운동이 되지 못하였기 때문이다. 그렇지만 6·10 만세 운동은 학생들에 의하여 독자적으로 계획되고 추진된 운동으로, 3·1 운동 이후 꾸준히 다져온 학생들의 결사, 동맹 휴학, 계몽 활동 등의 학생 운동이 결집된 소산으로 나타난 항일 민족 운동이었다. 그러므로 이 운동은 침체된 민족 운동에 새로운 활기를 안겨 주었고, 3·1 운동과 1929년 광주 학생 운동의 교량적 역할을 담당하여 꺼지지 않는 항일 민족 독립 운동의 하나의 큰 횃불이 되었다.

광주 학생 운동 기념탑 비문

사람들은 옛날부터 뭔가를 기념하기 위해 '비석'을 만들었다. 우리가 익히 알고 있는 '광개토대왕비'나 '진흥왕 순수비' 등도 모두 영토를 확장한 것을 기념하기 위한 표식인 셈이다. 그 비석들에는 대부분 비를 세운 이유와 정신을 담은 글이 있는데, 당시 꽤 유명한 문인들이나 학자들이 비문 작업에 참여하였고, 나라의 예산도 많이 들어간 것이기 때문에 좋은 글이라고 할 수 있다. 그런데 그 비문을 꼼꼼하게 읽어 보는 사람을 찾아보는 것은 쉬운 일이 아니다.

'광주 학생 운동 기념탑'의 비문을 함께 읽어 보자.

단기 사천 이백 육십 삼년 십일월 삼일

이 날은 광주 학생들이 일제의 탄압에 항쟁하여 일어선 민족

정기의 날

굴욕으로 사느니 보다 차라리 죽음을 택하겠다는 의지를

너도 나도 뛰쳐 나서자

이에 호응하여 전국에서 일어나 학생이 무릇 오만 사천여 명

혹은 쇠사슬에 묶이어 철창 아래 갇히었으며

또 혹은 피를 뿜고 스러졌으되

그 날 그들이 높이 들었던 정의의 횃불은

역사 위에 길이 길이 타오르나니

어허 여기 흐르듯 고인 그들의 피와 눈물은

천지와 더불어 영원히 마르지 않을 것이며

또한 여기에 서린 채 깃든 그들의 넋과 뜻은

겨레의 갈 길을 밝히어 비추리로다.

　광주 학생 항일 운동은 1929년 11월 3일 광주에서 일어난 학생들의 항일 투쟁 운동이다. 이 날은 음력 10월 3일으로 개천절이면서 일본 천황의 생일인 메이지절이기도 했다. 내 나라의 개천절 날, 남의 나라 왕의 생일을 축하하는 기념식을 치러야만 했던 것이다.

학생의 날의 기원 11월 3일은 학생의 날이다. 광주 학생 항일 운동을 기념하기 위해 제정했다. 그러나 현재의 학생의 날은 입시 질곡 속에 있는 학생들을 애도하는 날이라고 해야 할 것 같다. 사진은 광주 제일고에 있는 광주 학생 독립 운동 기념탑.

이보다 앞서 10월 30일 광주를 떠난 통학 열차가 나주역에 도착했을 때, 광주중학 3학년 일본인 학생이 광주여고보 3학년 여학생의 머리를 당기는 등 우리 여학생들을 희롱하는 일이 있었다. 이 광경을 목격한 광주고보 2학년 남학생이 일본 학생을 후려쳤고, 일본 학생들과 우리나라 학생들 사이에 싸움이 벌어졌다. 이에 일본 경찰들은 일본인 학생들을 일방적으로 편들며 한국 학생들을 구타했다. 3일 오전 11시경 광주중학의 일본인 학생과 광주고보의 한국인 학생 간에 또 충돌이 일어났는데, 광주고보생들은 일방적으로 한국인 학생들을 비난하는 기사를 쓴 광주일보사를 습격해 윤전기에 모래를 뿌렸다. 이 충돌에서 한국 학생 9명, 일본 학생 26명이 부상을 당했다. 개인 간의 감정적 충돌이었던 것이 학교와 학교 사이의 충돌로 확대되었고, 나아가 한국인과 일본인 학생 간의 충돌로 발전한 것이다.

일제는 광주고보와 광주 농업학교의 학생 등 한국 학생 75명을 구속하고, 광주 시내 모든 학교에 휴교령을 내린 반면 일본 학생은 7명만을 구속했다가 곧 석방했다. 일제는 편파적 대응을 했고, 여기에 광주 시민들과 학생들은 또다시 분노했다. 그 후 수많은 학교가 광주 학생 운동에 호응했고, 전국 각지의 거의 모든 학교가 궐기했다. 194개교 5만 4,000여 명이 참가한 이 운동으로 580여 명이 퇴학 처분을 받았고, 2,330여 명이 무기정학 처분을 받았다.

광주 학생 항일 운동은 1919년 3·1 운동 이후, 젊은 학생들을 통하여 항일 독립 정신이 다시 한 번 분출된 운동이었다. 광주 학생 항일 운동은 단순한 학생 운동이 아니었으며, 1920년대의 세계 대공황으로 인한 일제의 경제 수탈에 대항한 항일 운동이었고, 광주뿐 아니라 전국적으로 확산된 항일 독립 운동이었다. 뿐만 아니라 광주 학생 항일 운동으로 재판을 받거나 퇴학을 당한 학생들과 이 시기에 학교를 다녔던 상당수의 학생들이 1930년대 초반부터 직접 청년, 노동, 농민 운동에 뛰어 들어 민족 해방 운동의 각 부문에서 활약했다.

나는 개새끼로소이다

일본 사람들 입장에서 보면 이토 히로부미를 저격한 안중근 의사나 홍커우 공원에서 도시락 폭탄을 던졌던 윤봉길 의사는 모두 테러리스트이다. 테러는 정치적인 목적을 이루기 위해 누군가를 죽이는 행위이기 때문에 어떠한 이유에서도 정당화될 수 없다고도 한다. 그러나 우리 민족의 입장에서 보면 이토 히로부미나 일본은 당연히 없애야 할 '적'에 불과했다.

우리에게는 잘 알려지지 않았지만 일본 천황을 제거하려고 했던 독립 운동가를 사랑했던 일본 여인, 가네코 후미코. 그의 연인이었던 박열이 쓴 시를 한번 읽어 보자. 제목부터 예사롭지 않다.

나는 개새끼로소이다

하늘을 보고 짖는

달을 보고 짖는

보잘것없는 나는

개새끼로소이다

높은 양반의 가랑이에서

뜨거운 것이 쏟아져 내가 목욕을 할 때

나도 그의 다리에다

뜨거운 줄기를 뿜어 대는

나는 개새끼로소이다

일본 천황 폭탄 투척 사건의 주인공이었던 독립 운동가 박열의 시이다. 그의 일본인 연인이었던 가네코 후미코가 그에게 반한 계기가 된 시라고 한다. 우연히 박열의 이 시를 읽게 된 후미코는 그 시에 그녀가 찾던 모든 것이 담겨 있다고 느꼈고, 시 구절 하나하나가 그녀의 영혼을 사로잡았다고 한다.

박열은 경상북도 문경에서 태어나 경성 고등 보통학교를 다녔는데, 경성고보 재학 중 3·1 운동 만세 시위에 가담한 혐의로 퇴학당했다. 1919년 일본으로 건너간 그는 사회주의자, 무정부주의자들과 교류했고, 의혈단, 흑우회 등을 조직했다. 또한 그는 1923년 불령사 不逞社라는 비밀 결사를 조직했다가, 관동 대지진 이후 험악한 분위기 속에서 일본인 연인인 가네코 후미코와 함께 체포되었다. 불령사가 일본 천황과 왕세자 등을 폭탄으로 암살하기로 모의했다는 혐의 때문이었다. 사건 자체가 과장, 조작되었다는 설도 있지만 어쨌든 일본 여성과 함께 조선 남성이 범행을 공모했다는 사실은 일제 식민 지배자들을 경악시키기에 충분했다.

박열과 가네코 후미코 박열의 시를 보고 그녀가 반했다고 한다.

　박열과 가네코 후미코는 1926년 함께 사형 선고를 받았다. 사형이 선고되자 "재판장 수고했네. 내 육체야 자네들 마음대로 죽일 수 있겠지만, 정신이야 어찌할 수 있겠는가."라며 기개를 보였고, 후미코는 "모든 것이 죄악이요, 허위요, 가식이다. 박열과 나를 한 교수대에서 같이 목매어 죽여 달라. 그리고 죽은 백골도 더불어 묻어 달라."라고 외쳤다. 두 사람은 곧 무기 징역으로 감형되었는데, 가네코 후미코는 감형됐다는 통지를 받았지만 통지서를 찢어 버리고 옥중에서 자살해 버렸다. 박열은 오랜 기간 동안 수감 생활을 하다가 일본이 태평양 전쟁에서 패한 뒤 풀려났다.

가네코에 대해 좀 더 알아보자. 어머니의 잦은 재혼으로 불안정한 유년기를 보내던 가네코는 9살이던 1912년에 조선에 살고 있던 고모 집으로 팔려왔다. 고모 집에서 식모나 다름없는 생활을 하던 그녀는 모진 학대와 핍박을 견디다 못해 자살을 기도했다. 그러나 조선을 떠나기 직전 3·1 운동을 목격한 가네코는 저항 정신과 약자에 대한 연대 의지를 배우게 되었다. 그 후 일본으로 돌아간 가네코는 자연스럽게 사회주의자로 성장했고, 그 과정에서 우연히 박열을 만나게 되었다. 아나키스트이면서 허무주의자이고, 테러리스트이면서 시인인 남자와 학대당한 유년의 상처 때문에 고통과 절망 속에서 몸부림치던 여자가 역사의 소용돌이 속에서 운명적으로 만난 것이다. 그들의 사랑은 국경, 이념, 죽음까지도 초월한 사랑이었다. 두 사람의 소설 같은 이야기는 김별아의 소설 〈열애〉에서 잘 그려지고 있는데, 다음은 가네코가 쓴 시 구절이다.

그를 기다리다 겨울이 갔다. 그는 오지 않는다. 그가 오지 않고는 겨울도 끝나지 않는다.

김상옥 열사

아침 7시 찬바람 눈 쌓인 벌판

새로 지은 외딴 집 세 채를 에워싸고

두 겹 세 겹 늘어선 왜적의 경관들

우리의 의열 김상옥 의사를 노리네

슬프다 우리의 김 의사는

양 손에 육혈포를 꽉 잡은 채 그만

아침 7시 제비 길을 떠났더이다

새봄 되오니 제비시여 넋이라도 오소

이 시는 1923년 1월 22일 이른 아침, 서울 효제동에서 벌어진 김상옥 의사와 1천여 명도 넘는 일본 경찰 사이의 대치 장면을 그린 시인데, '한국의 로트렉'으로 유명한 화가 구본웅*이 쓴 시다. 왜 화가가 김상옥 열사에 관한 시를 썼을까?

중학생 시절 등굣길에 우연히 이 장면을 목격한 구본웅 화백은 이 광경을 잊지 못해 7년 후인 1930년에 그림으로 그리고 그림 옆에 시를 써 넣었다고 한다. 한 화가의 뇌리에 깊게 박힌 장면을 남긴 김상옥 의사는 과연 누구인가?

서울 효제동에서 태어난 김상옥 의사는 3·1 운동 뒤 1920년 미국 의원단의 한국 방문을 계기로 총독 암살을 계획했다가 실패하고, 그 길로 중국 상해로 건너갔다. 거기서 김구 선생 등을 만나 의열단에 가입한 그는 1922년 다시 국내로 들어오기 위해 농부 차림으로 변장을 한 후 압록강 철교를 건넜다. 이 과정에서 경비 중이던 일본 경찰을 사살하고, 권총으로 머리를 때려눕히는 등의 격투를 벌인 끝에 국내 잠입에 성공했다. 그리고 1923년 1월 12일 독립 운동 탄압의 본거지였던 종로 경찰서를 폭파했다. 당시 종로 경찰서는 독립 운동 탄압의 본산으로 악명이 높은 곳이었다. 이후 서울에서 일본 경찰의 추격을 피해 다니던 그는 열흘 후인

1923년 1월 22일 그가 태어난 효제동에서 단신으로 일본 경찰 1천여 명과 대치하며 시가전을 벌이다 결국 자신의 총으로 장렬하게 자결했다. 그는 두 손에 권총을 쥐고 3시간 반에 걸친 총격전을 벌여 일본 경찰 10여 명을 살상하였으나 탄환마저 다하여, 마지막 남은 탄환 한 발을 가슴에 겨누고 벽에 기댄 채 대한 독립 만세를 부르면서 자결했다. 김상옥의 최후는 마치 영화의 한 장면과도 같았다.

서울 동숭동 마로니에 공원에 있는 김상옥 의사의 동상.

일제는 당시 보도를 철저하게 금지했지만 일부 언론은 호외 또는 기사로 김 의사의 활동상을 연이어 보도했고, 보도 금지가 해제되자 호외를 발행해 이 사건을 널리 알렸다. 이 호외는 일본 경찰과 맞서다 자결한 김 의사의 마지막

당시 동아일보 신문 기사.

장면을 이렇게 전하고 있다.

> 그는 숨이 진 후에도 권총에 건 손가락을 쥐고 펴지 아니하고, 숨
> 이 넘어가면서도 손가락으로 쏘는 시늉을 했다.

김 의사의 의거는 잇따라 일어난 국내외 의열단 투쟁의 도화선이 됨으로써 항일 투쟁사의 새로운 이정표를 세운 일대 사건이었다. 서울 종로 한복판에서 홀로 무려 1천여 명을 상대하다가 장렬하게 전사한 김상옥 의사. 이런 의사와 열사 분들이 독립된 오늘의 우리 조국을 있게 한 것이다. 김상옥은 일제 강점기 의열단의 용감한 투쟁을 상징하는 인물로 1992년 '이달의 독립 운동가'에 최초로 선정되기도 했다.

한편 김상옥이 입단한 의열단은 김원봉이 1919년 만주에서 창설했는데, 여기에는 김상옥 말고도 일제 식민 통치의 심장부인 조선 총독부에 폭탄을 던진 김익상, 일제의 착취 기관인 동양 척식 주식회사와 조선 식산 은행에 폭탄을 던졌으며 폭탄이 터지지 않자 권총으로 일본인 여러 명을 사살한 나석주, 66세 고령의 나이였으나 총독에게 폭탄을 던지고 순국한 강우규 의사 등이 있다.

끊이지 않는 전 민족의 저항, 일제 강점기

일본 제국주의 침략에 대한 저항은 여러 가지 형태로 나타났다. 을사조약이 불법이라는 것을 국제적으로 호소한 '헤이그 밀사 사건'을 비롯하여 민영환 등 많은 사람들이 스스로 목숨을 끊거나 상소를 올려 항일을 호소했다. 그 중 가장 치열한 저항 운동은 의병 운동이었다.

을미사변¹⁸⁹⁵에서부터 시작된 의병 운동은 을사조약¹⁹⁰⁵ 뒤에 민종식, 최익현 등의 활동이 있었고, 군대가 해산된 뒤에는 군인들이 이에 합류하여 군대다운 조직과 무기를 갖고 저항했다. 그러나 일제의 탄압에 의해 많은 사람들이 죽고 점차 약화되었다가 일본이 우리나라를 직접 통치하기 시작한 한일 병합¹⁹¹⁰ 후에는 해외로 가서 독립군이 되어 항일전을 계속했다. 종교계에서도 기독교가 민족 사상과 자유주의를 고취하며 크게 환영을 받았고, 대종교가 단군 신앙을 내세워 민족정신을 앙양했다.

1910년 일본은 대한 제국을 병합한 뒤 조선 총독부를 설치하고 육·해군 대장 등 군인들을 총독에 임명했으며, 헌병 경찰 제도를 실시하여 한국인의 언동을 엄격히 통제했다. 그리고 신민회의 간부들을 총독 암살 음모로 날조하여 체포했는데, 바로 '105인 사건'이다.

이러한 살벌한 억압 정책이 진행되는 가운데 일본은 토지 조사 사업을 통해 토지를 약탈하고, 산업과 금융을 독점적으로 지배했다. 일본의 강압적 통치가 계속되자 나라 안에서는 비밀 결사를 조직하고, 해외에서는 국제적인 외교 활

독립운동 초기 의병 주로 유생, 전직 관료, 해산 군인 등이 지도부로 구성됐고 농민, 하급 군인, 도시 빈민층 등이 그 하부 구성원이었다.

동과 무장 독립 운동이 계속되었다.

　제1차 세계 대전이 끝나면서 민족 자결주의가 세계를 휩쓸자, 우리나라도 독립할 수 있다는 희망을 갖게 되었으며, 이러한 상황의 변화로 인해 독립 운동이 전국적으로 번져나갔다. 이런 국제 정세의 변화 속에서 3·1운동은 천도교의 손병희, 기독교의 이승훈, 불교의 한용운 등 주로 종교계 인사들이 중심이 되어 전개되었다. 이 운동은 직업·성별·연령을 가리지 않은 온 국민의 운동이었으며 개화기 이후 성장해 온 국민의 힘의 표현이라고도 할 수 있다. 비록 일본의 탄압으로 독립을 쟁취하지는 못했지만 3·1 운동의 영향으로 상해에 대한민국 임시 정부가 수립되어 향후 독립 운동의 구심점 역할을 하게 된다. 상해 임시 정부는 대의제의 원칙에 입각한 정치 형태를 가진 우리나라 최초의 민주 정부였다.

　3·1 운동 이후 일본은 세계의 여론에 눌려 소위 '문화 정치'를 실시했으나, 이것은 표면적 완화일 뿐 식민 정책의 근본에는 아무런 변화도 없었다. 식량 약

신간회 안동지회 활동 모습 신간회는 전국에 지회와 분회를 조직했는데, 1930년에는 전국에 140여 개의 지회와 3만 9,000여 명의 회원을 확보하기에 이르렀다.

탈, 군수 공업에 필요한 광산 자원의 약탈, 중공업에의 투자에 의한 중국 침략의 병참기지화 등 일본의 필요에 응하는 모든 정책은 착실히 추진되었다. 특히 제2차 세계 대전 중에는 한국의 인적·물적 자원의 강제 동원을 위하여 일본어 사용과 창씨개명을 강요하는 민족 말살 정책을 폈다.

이러한 상황 속에서 영세한 소작농으로 전락하여 농민들은 만주 등지로 이주했고, 노동자는 일본인 노동자의 절반밖에 안 되는 임금의 열악한 조건을 견뎌야 했다. 이러한 일본의 식민 정책에 대항하여 국산품 사용을 권장하는 물산 장려 운동이나 소작쟁의와 노동쟁의를 일으켰다. 민족 운동은 민족주의자와 사회주의자의 두 방향으로 갈라지게 되었는데, 1927년 민족주의자와 사회주의자가 공동 전선을 펼 필요를 느끼고 신간회를 조직하기에 이르렀다.

4장

만주의 독립 운동

국어 선생님의 한국 근대사 강의 항일 무장 투쟁의 중심지, 만주

작자 미상

홍대장 가는 길에는

홍대장 가는 길에는 일월이 명랑한데

왜적 군대 가는 길에는 눈과 비가 내린다.

에헹야 에헹야 에헹 에헹 에헹야

왜적 군대가 막 쓰러진다.

오연발 탄환에는 군물이 돌고

화승대 구심에는 내굴이 돈다.

에헹야 에헹야 에헹 에헹 에헹야

왜적 군대가 막 쓰러진다

함경도 지방 주민들 사이에서 불리던 홍범도 의병 부대를 칭송하는 노래이다. 홍범도 장군은 민족 해방 운동사, 특히 항일 무장 투쟁사에서 큰 비중을 차지하는 대표적 인물이다. 일반 대중에게는 특히 신화적 인물, 전설적 영웅으로 널리 알려져 있다.

홍범도 장군은 1868년에 평양시 서문안 부근에서 가난한 농사꾼의 맏아들로 태어났다. 그는 태어난 지 이레 만에 어머니를 잃고 아홉 살 되던 해에는 아버지를 여의었다. 일찍 부모를 여읜 홍범도는 머슴살이, 병정, 막일꾼 등 닥치는 대로 일을 했다. 공장에서 막일꾼으로 일하던 중에 품삯을 주지 않자, 공장주를 응징하고서 금강산으로 들어갔다. 그 후 외금강 신계사에서 머리를 깎고 중이 되었다.

그는 불평등한 세상에서 남에게 천대와 멸시를 받지 않고 살아가자면 남보다 뛰어난 재주가 있어야 한다는 것을 절실히 깨닫고, 깊은 산속으로 들어가서 포수로 생업을 삼으면서, 사격술과 검술을 닦았다. 뒷날 일본군들이 홍범도란 이름을 듣기만 해도 간담이 오싹했던 백발백중 사격술과 신묘한 검술은 이때 익힌 솜씨였다.

일본 낭인들이 왕궁을 포위한 후 명성황후를 살해하고 시신마저 장작더미에 던져 태워 버렸다는 얘기를 들은 홍범도의 울분은 하늘을 찔렀고, 홍범도는 의병을 일으켜 일제와 끝까지 싸울 것을 맹세했다. 홍범도 의병 부대는 신출귀몰하는 전술로 일제의 간담을 서늘

홍범도 장군 봉오동 전투를 승리로 이끈 홍범도 장군(가운데).

케 했는데, 홍범도 장군의 전술은 우리나라 게릴라전의 시초로 불리고 있다.

　우리나라 독립 전쟁의 효시로 일컬어지는 1920년 6월의 봉오동 전투는 독립군을 토벌하기 위하여 두만강을 넘어온 일본군 제19사단을 참패시킨 우리나라 독립 전쟁 최초의 전투이다. 홍범도 장군은 독립군 1개 분대로 일본군들을 봉오동 골짜기로 유인했다. 일본군 전위 부대는 사방이 고지로 둘러싸인 상촌 남쪽 300미터 지점까지 진출했고, 결국 독립군 포위망 속에 걸려들고 말았다. 유리한 지형을 미리 차지한 독립군은 맹렬한 집중 사격과 수류탄 투척으로 일본

봉오동 전투의 현장 치열했던 봉오동 골짜기는 현재 모두 저수지로 변해 버렸다.

군 150여 명을 죽이는 전과를 올렸다.

'총알로 바늘귀도 뚫는 장군', '축지법을 구사하는 신출귀몰한 명장', '백두산 호랑이' 등의 별칭으로 추앙받았던 홍범도 장군은 조국 광복을 2년 앞둔 1943년 10월 25일, 소련 카자흐스탄의 오르다에서 75세를 일기로 파란 많았던 항일 구국 생애를 마감했다.

만주 기행 때 홍범도 장군의 전적지인 봉오동을 찾아간 적이 있다. 그런데 안타깝게도 당시의 봉오동 골짜기는 현재 모두 저수지로 변해 있어서 당시 상황을 상상으로 그려 볼 수밖에 없었다. 그런데 황당한 것은 저수지만 구경한 것에 불과한 데도 비싼 입장료를 받았

다는 사실이다. 게다가 입장료는 터무니없이 비싸서 우리나라 독립

운동의 상징으로 돈벌이를 하는 중국에 화가 났다.

독립군가

시가 노래로 불려지기도 하지만, 구전되던 노래가 시로 정착되기도 한다. 이것은 시가 가지고 있는 운율성 때문인데, 이런 이유 때문에 시와 노래는 한몸이라고 할 수 있다.

앞에서 함께 살펴보았던 창가나 개화 가사도 모두 애초에는 노래로 불려질 것을 목적으로 만들어졌다. 그런데 악보가 흔하지 않았던 시대여서 텍스트만 전승되었다. 그래서 가락을 알 수 없는 경우가 많다. 하지만 시로 읽는 것과 노래로 부르는 것은 그 느낌이 확연히 다를 수밖에 없다. 다음 시를 악보를 참고하여 노래로 한번 불러 보면 어떨까. 1980년대 이전에 중·고등학교를 다녔던 사람들은 아마 이 시를 보자마자 금방 노래 가락을 떠올릴 수 있을 것이다.

나아가세 독립군아 어서 나가세

기다리던 독립 전쟁도 돌아왔다네

이때를 기다리고 십 년 동안에

갈았던 날랜 칼을 시험할 날이

나아가세 대한민국 독립 군사야

자유 독립 광복할 날 오늘이로다

정의의 태극 깃발 날리는 곳에

적의 군세 낙화같이 쓰러지리라.

독립군의 백만 용사 달리는 곳에

압록강 어별들이 다리를 놓고

독립군의 붉은 피가 내뿜는 때에

백두산 굳은 바위 길을 열리라

독립군의 날랜 칼이 벗기는 날에

현해탄 푸른 물이 핏빛이 되고

독립군의 벽력같은 고함 소리에

부사산* 솟은 봉이 무너지노나.

| *부사산 : 일본의 후지산.

독립군의 사기를 고취하고 조국 광복의 희망에 대한 염원을 잘 표현한 노래이다. '압록강의 물고기와 자라들이 다리를 놓아 건너게 해 주고, 백두산의 바위에도 길을 낼 것'이라는 내용으로, 어떤 어려움도 극복할 것이라는 독립군의 기개를 노래하고 있다.

이 노래는 해외 망명 문학의 대표적인 작품이다. 정식으로 작곡해서 부른 공식적인 군가이며, 악보도 전해지고 있다. 전반적으로는 직설적인 표현을 통하여 자신들의 의지를 표명하고 있는데, '이때를 기다리고 10년 동안에 갈았던 날랜 칼을 시험할 날이'라는 노래의 가사를 보아, 이 노래가 만들어진 시기는 대략 1920년경임을 짐작할 수 있다.

독립군과 독립군가 대부분의 독립군가는 독립군의 사기 진작과 광복에 대한 희망을 담고 있다. 사진은 독립군(위)과 독립군가 악보.

1936년 이후 대부분의 독립군이 해산되고 광복군이 이를 대신하게 되자, 독립군가의 대부분이 광복군가로 이름이 바뀌어 불리게 되었다. 독립군가는 최초의 독립군가가 나온 이후 해가 거듭될수록 곡과 내용이 다양해지고 그 수도 늘어났다. 특히 1910년에서 1920년을 전후하여 다양한 독립군가가 많이 나타났는데, 노랫말의 내용은 주로 독립과 광복 쟁취를 위한 항일 투쟁 정신과 애국심의 고취, 독립군의 사기를 높이기 위한 것들이다. 새로 작곡된 것들도 있지만 기존의 전통 민요, 중국 곡, 러시아 군가, 간단한 서양식 행진곡과 찬송가 또는 창가에서 차용하여 온 것들이 대부분이다. 보편적으로 4분의 2박자나 4분의 4박자의 행진 곡조를 주로 빌려 썼다. 음의 영역도 넓지 않았고, 간단한 리듬에 곡의 길이도 짧아 외워서 노래하기가 쉬웠다.

광복가

일제 강점기는 우리 민중에게는 어둠과 같은 시기였으나, 어둠이 짙을수록 민중들의 독립, 해방, 광복에 대한 열망은 더욱 커져만 갔다. 국내에서 일제의 탄압이 극에 달하여 민중들이 고통 속에 살았던 그 시기에 광복을 꿈꾸며 해외에서 독립 운동을 하던 사람들도 적지 않았다. 국내외를 막론하고 '광복'은 당시 우리 민족이 추구해야 할 최대의 가치였다.

이토 히로부미를 암살하여 민족의 한을 풀어 주었던 안중근 의사와 함께 우리 민족에게 잘 알려진 의사가 또 한 분 있다. 바로 윤. 봉. 길! 다음에 함께할 시는 윤봉길 의사가 조선 청년의 각성을 촉구하고 조국 독립 전쟁 참여를 당부하며 쓴 시라고 한다.

이 시는 1932년 4월 27일, 거사 이틀 전 윤 의사가 홍커우 공원을 답사한 뒤 숙소에 돌아와 김구 선생 요구로 수첩에 썼다고 알려져 있다. "무궁화 삼천리 우리 강산에 왜놈이 왜 와서 짓밟는가, 피 끓는 청년 제군들이여, 군복입고 총 메고 칼 들며 왜놈을 물리치자."라며 호소하고 있다.

피 끓는 청년 제군들은 아는가
무궁화 삼천리 우리 강산에
왜놈이 왜 와서 왜 걸대냐
피 끓는 청년 제군들아 준비하세
군복입고 총 메고 칼 들며
군악 나팔에 발맞추어 행진하세

충남 예산에서 농부의 아들로 태어난 윤봉길 의사는 6세 때부터 큰아버지로부터 한문을 배웠다. 11세 때에는 보통학교에 들어갔으나 3·1 운동 후 일본식 교육을 받기 싫어 중퇴했다. 19세 때 글을 몰라 아버지의 무덤을 못 찾는 무식한 청년을 보고, 자기 집 사랑방에서 야학을 열어 농민들을 가르쳤다. 22세 때에는 월진회를 조직해 청소년들에게 애국심을 심어 주고 근면과 협동을 강조하였다. 이러한 활동이 일제의 탄압을 받게 되자, 1930년 '장부가 뜻을 품고 한번 집을 나서면 살아서는 돌아오지 않는다丈夫出家生不還.'라는 글귀를 남기고 중국 상해로 건너가 김구가 주도하는 한인 애국단에 가입했다.

1932년 4월 29일 상해 홍커우 공원에서 열린 일본 천황 생일 경축 식장에 스프링코트를 말쑥하게 차려입은 윤봉길 의사는 삼엄한 경계망을 뚫고 홍커우 공원 안으로 들어갔다. 오른손에는 일장기를, 왼손에는 물통과 도시락으로 위장한 폭탄을 들고 있었다. 11시가 되자 중국 주둔 일본군 총사령관인 시라카와 대장이 등장했고, 상해에 있는 외교관과 내빈이 자리를 잡았다. 곧이어 군악이 울려 퍼지고 열병식이 이어졌다.

천장절 행사가 끝나고 외교관과 내빈이 돌아간 뒤 일본인들만이 남아서 일본 상해 교민회가 준비한 축하연을 열고 있었다. 이때를 기다렸던 윤봉길 의사는 11시 50분, 일본 국가가 울려 퍼지는 순간에 물통 폭탄을 단상으로 던졌다. 일본군 최고 사령관 시라카와를 비롯해 상해 일본 거류민 단장 등을 죽이고, 노무라 등 많은 일본군에게 부상을 입혔다. 폭탄 투척 직후 체포된 윤봉길 의사는 사형을 선고받고 일본 오사카로 후송되었다. 그리고 끝내 1932년 12월 19일 새벽 7시 27분 일본 이시카와 현 가나자와시 육군 형무소에서 총살당했다. 그의 나이 불과 25세로, 짧지만 굵은 생애였다.

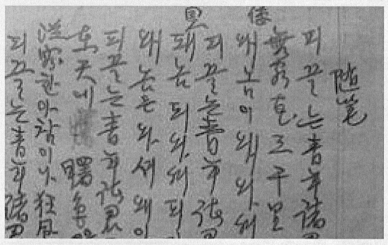

윤봉길 의사와 소녀 윤 의사의 뜻을 기리기 위해 서울 양재동 '시민의 숲' 공원 내에 국민의 성금으로 '매헌 윤봉길 의사 기념관'을 건립했다. 무색무취한 '시민의 숲'보다는 '윤봉길 공원'이나 '매헌 공원'으로 바꾸는 게 어떨까. 사진은 윤봉길 의사의 글씨(맨 위). 서울효창 공원에 있는 삼의사(이봉창, 윤봉길, 백정기)의 묘 앞에서 기도를 드리는 아이(아래 왼쪽)와 거사 전에 폭탄을 들고 태극기 앞에서 선 윤봉길 의사.

지난번 상해 여행 때 홍커우 공원지금은 중국의 대문호 루쉰을 기리는 '루쉰 공원'으로 바뀌었다.을 찾았다. 윤봉길 의사가 폭탄을 투척한 장소를 보기 위해서였다. '매원'이란 팻말을 붙인 정원 안에 '매헌'이라고 이름 붙인 작은 정자 같은 건물이 있었는데, 이 정자는 1994년에 건립되었다고 한다. 그런데 처음에는 중국 당국이 이 정자의 이름을 일방적으로 '매정'梅亭이라 했다고 한다. 이에 윤봉길 기념 사업회에서는, 윤 의사와의 연관성이 없고 중국에 흔히 있는 정자 이름에 불과한 '매정'을 윤 의사의 호인 '매헌'梅軒으로 바꾸어 줄 것을 꾸준히 설득했고, 그 결과 '매헌'으로 바뀌게 되었다고 한다. 이 건물 1층과 2층은 '윤봉길 의사 기념관'으로 꾸며 놓았는데, 기념관 입구에는 윤 의사의 흉상이 있었고, 폭탄 투척 당시의 기록들과 관련 자료들 그리고 농촌 계몽 활동, 조직 활동 관련 유물 들을 모아 놓았다.

당시 국민당 총통이었던 장제스는 윤봉길 의사의 홍커우 공원에서의 폭탄 투척 소식을 전해 듣고 '중국의 100만 대군도 하지 못한 일을 조선의 한 청년이 했다니 정말 대단하다.'라며 감탄했다고 한다. 이 일은 장제스가 조선에 관심을 갖고 상해 대한민국 임시 정부를 지원해 주는 계기가 되었다.

마지막으로 윤봉길 의사가 거사 전날 잠 자기 전 사랑하는 두 아들을 비롯한 가족들에게 유언으로 남긴 '강보에 싸인 두 병정에게 - 모

순과 담에게'라는 시를 보자. 나라를 사랑하는 마음이 얼마나 지극
했으면, 죽을지도 모르는 거사 전날 이런 의연한 시를 남겼을까.

너희도 피가 있고 뼈가 있다면
반드시 조선을 위하야 용감한 투사가 되어라.
태극의 깃발을 높이 드날리고
나의 빈 무덤 앞에 찾아와 한 잔 술을 부어 놓으라.
그리고 너희들은 아비 없음을 슬퍼하지 말아라.
사랑하는 어머니가 있으니 어머니의 교육으로 성공토록
동서양 역사상 보건대
동양으로 문학가 맹가가 있고,
서양으로 불란서 혁명가 나폴레옹이 있고,
미국에 발명가 에디슨이 있다.
바라건대 너의 어머니는 그의 어머니가 되고
너희들은 그 사람이 되어라.

작자 미상

신흥 무관학교 교가

서북으로 흑룡 대원 남의 영절永節의

여러 만만 헌헌軒軒 자손 업어 기르고

동해 섬 중 어린 것들 품에다 품어

젖먹여 기른 이 뉘뇨?

우리 우리 배달나라에 우리 우리 조상들이라

그네 가슴 끓는 피가 우리 가슴 찰찰찰 걸치며 돈다

장백산 밑 비단 같은 만리낙원은

반만년래 피로 지킨 옛집이어늘

남의 자식 놀이터로 내어맡기고

종설움 받는 이 뉘뇨

우리 우리 배달나라에 우리 우리 조상들이라

그네 가슴 끓는 피가 우리 가슴 좔좔좔 걸치며 돈다

칼 춤 추고 말을 달려 몸을 단련코

새로운 지식 높은 인격 정신을 길러

썩어지는 우리 민족 이끌어 내어

새나라 세울 이 뉘뇨

우리 우리 배달나라에 우리 우리 조상들이라

그네 가슴 끓는 피가 우리 가슴 좔좔좔 걸치며 돈다

미국의 '조지아 행진곡'통일 찬송가 393장과 같은 곡조이라는 곡조에 맞춰 불렀던 '신흥 무관학교' 교가로, 신흥 무관학교는 만주에 설립1919년되었던 독립군 양성 학교이다.

신민회는 1909년 만주에 독립군 기지를 건설하기로 하고 이동녕·이회영 등을 만주에 파견했다. 그리고 국내에서 모여드는 청년들에게 구국 이념과 항일 정신을 고취시켜 조국 광복의 중견 간부로 양성시킬 목적으로 신흥 강습소를 설치하였는데, 이것이 바로 신흥 무관학교의 전신이다.

광활한 토지를 매수하고 본관 건물을 세우기 위해서는 방대한 경비와 수많은 인력이 필요했다. 이 돈은 이회영·이시영 등 독립 운동 가족 6형제 중의 둘째인 이석영의 소유 전답 6,000석*의 토지를 매각한 돈으로 충당했으며, 선생님과 학생들의 힘을 합쳐 신흥 강습소를 준공했다. 이렇게 설립된 신흥 무관학교는 1913년에 신흥 중학교로 개칭하였는데, 각지에서 애국 청년들이 모여들면서 도저히 수

6000석 석은 곡식의 부피를 잴 때 쓰는 단위로, 1석은 쌀로 치면 두 가마니다. 이회영 일가가 낸 돈은 쌀 12,000가마다. 훌륭한 집안의 훌륭한 형제들이었다.

용할 수 없게 되자, 신흥 중학교를 발전적으로 폐교^{1919년}하고 신흥 무관학교를 설립했다.

폐교될 때까지 2,100여 명의 독립군을 배출하였고, 이들 대부분은 청산리 대첩 등 독립 투쟁의 각 분야에서 주역으로 활동했다. 그러다가 일제의 가중되는 탄압으로 1920년 가을 결국 폐교되고 말았다.

신채호

한 나라 생각

나는 네 사랑

너는 내 사랑

두 사랑 사이 칼로 썩 베면

고우나 고운 핏덩이가

줄줄줄 흘러내려 오리니

한 주먹 덥석 그 피를 쥐어

한 나라 땅에 고루 뿌리리

떨어지는 곳마다 꽃이 피어서

봄맞이 하리

압록강 철교를 건너 만주로 가면서, 잃은 나라를 다시 찾는 길은 오직 피를 흘리고, 힘을 모아 항쟁하는 것이라고 노래하고 있는 이 시는 1913년 무렵 신채호 선생이 상해에서 쓴 작품이다.

신채호 선생의 본관은 고령高靈으로, 나와 종씨이다. 21세기에 웬 성씨 타령이냐고 하겠지만, 그래도 이렇게 훌륭한 분과 같은 본관이라는 게 부끄러운 일은 아니다. 충북 청원군 백족산에, 충북 교육청에서 운영하는 교사 연수기관인 단재 교육원이 있는데, 단재 교육원은 신채호 선생의 호를 따서 지은 이름이다.

1880년 11월 7일 대덕군에서 출생해서 충청북도 청원에서 성장한 신채호 선생은 성균관에 들어가 박사가 되었고, 〈황성신문〉 논설위원, 〈대한매일신보〉 주필로도 활약했다. 1910년 중국으로 망명한 그는 1919년 대한민국 임시 정부 수립에 참가했다. 1925년경부터 무정부주의를 신봉하기 시작했고, 신간회를 발기하기도 했다. 1922년 의열단장 김원봉의 초청을 받아 상해에 가서 '조선 혁명 선언'으로도 불리는 '의열단 선언'을 썼는데, 이 선언에서 그는 폭력에 의한 민중 혁명을 주장했다. 1928년 자금을 조달하기 위해 타이완으로 가던 중 지룽항에서 체포되어 10년형을 선고받고 여순 감옥에서 복역 중 1936년 옥사했다.

그는 독립이란 주어지는 것이 아니라 쟁취하는 것이라는 신념으로 역사 연구에도 힘을 쏟아, '역사는 아我와 비아非我의 투쟁이다.'라고 하면서 고조선과 '묘청의 난' 등을 새롭게 해석했다. 〈조선 상고사〉, 〈이탈리아 건국 삼걸전〉, 〈을지문덕전〉, 〈이순신전〉 등의 저서를 남겼는데, 나라가 위기에 처했을 때 나라를 구한 위인들의 전기를 주로 펴냄으로써 나라 잃은 우리 민족에게 힘을 주려 애썼다. 특히 일본이 있는 쪽에 절하기 싫어 세수할 때 고개를 숙이지 않았다는 일화가 전하기도 한다.

여기서 신채호 선생의 호적에 관한 이야기 하나. 단재는 일제 강점기에 아예 호적이 없었다고 한다. 일제가 1912년 우리 국민에게 일제히 호적을 만들라고 했을 때, 그는 일제의 신민이 될 수 없다는 결연한 의지로 호적을 거부했기 때문이다. 단재는 조국이 광복되는 날 떳떳한 국민이 될 것을 소망했는데, 놀라운 사실은 그가 광복 64주년인 2009년 초까지도 대한민국 국적이 아니었다는 사실이다. 소위 무국적자였던 것이다. 하기야 신채호뿐만 아니라 신규식, 홍범도를 비롯한 300여 독립 유공자들이 모두 무국적자였다. '독립유공자 예우에 관한 법률'이 개정되고, 뒤이어 '가족 관계 등록 사무처리 규칙'이 제정됨에 따라 단재 등 62명의 애국지사들이 가족 관계 등록부 창설을 새로 허가받아 비로소 무국적의 설움을 벗고 호적을 만들 수 있었다. 조국 광복을 위해 모든 것을 바쳤던 분들의 호적이 광복

64년이 지나서야 생겼다는 사실이 너무 부끄럽다.

그런데 그게 끝이 아니었다. 새로 만드는 가족 관계 등록부에 후손과 반려자로 등재되려면 또 다시 법적 소송 절차를 밟아야만 한다는 것이다. 도대체 누구 덕분에 얻은 광복인데, 정작 광복의 주인공과 그 후손들이 구걸하듯 호적을 찾아야 하고, 친자 관계 내지 부부 관계조차 법적 소송 절차를 통해 회복해야 한다는 말인가. 본말이 거꾸로 되어도 한참 거꾸로 되었다.

단재에게는 두 아들이 있었다. 그들은 단재의 친자였음에도 호적이 없으니 평생 '아비 없는 사생아'라는 법적, 사회적 낙인의 굴레에서 벗어날 수 없었다. 단재가 자신의 아들들이 광복된 조국에서마저 그런 고통을 받으리라고 꿈엔들 생각했을까. 그나마 단재와 지난 1991년에 사망한 그의 큰아들 수범은 단재의 손자가 소송을 해서 친자 관계를 확인받을 수 있었지만, 두 아들의 어머니였던 단재의 아내 박자혜 여사는 '법률상 혼인 관계를 확인할 수 없다.'는 이유로 여전히 단재의 호적에 오르지 못한 채 남남으로 있다. 기가 막힐 노릇이다.

단재의 부인 박자혜 여사는 조선 총독부 부속 병원 간호사로 근무하던 중, 1919년 3·1 운동이 일어나자 이 병원 조산원과 간호원들로 조직된 간우회의 회원들과 함께 유인물을 배포하고, 같은 해 3월 10

일 비밀리에 간우회원들을 규합해 독립 만세 운동을 했다. 그 후 병원을 그만두고 중국으로 건너간 그녀는 단재를 소개받아 가정을 꾸렸고[1920년 4월], 남편의 독립 운동을 지원하며 독립 운동가 아내로서의 삶을 시작했다. 그러다가 신채호가 일본 경찰에 체포[1924년]되어 감옥에 갇히자, 베이징 등지의 독립 운동가와 국내 인사들과의 연락 임무를 띠고 귀국하여 '박자혜 조산원'을 차렸다. 특히 나석주 의사가 동양 척식 주식회사 폭파 의거[1926년 12월]를 일으켰을 때는 안내를 맡는 등 독립지사들 간의 연락과 편의를 제공하는 데 힘썼다. 일본 경찰에 여러 차례 연행되어 고

신채호와 박자혜 신채호와 박자혜는 부부였으나 호적에는 아직도 남남으로 남아 있다. MBC에서 단재의 아내이자 민족의 간호사로 살아온 '여성 독립 운동가, 박자혜'의 일대기를 다룬 '독립 운동, 그 절반의 이름 박자혜'를 조명한 적이 있을 뿐이다. 사진은 신채호와 박자혜 여사의 결혼 기념 사진(위)과 박자혜 여사가 독립 운동을 위해 차린 조산원.

초를 겪다가 1936년 신채호가 여순 감옥에서 순국한 지 8년 만에 병 환으로 서거[1944년]했다.

작자 미상

압록강 행진곡

우리는 한국 독립군 조국을 찾는 용사로다

나가! 나가! 압록강 건너 백두산 넘어가자.

우리나라 지옥이 되어 모두 도탄에서 헤매고 있다.

우리는 한국 광복군 악마의 원수 물리치자

나가! 나가! 압록강 건너 백두산 넘어가자.

우리는 한국 광복군 조국을 찾는 용사로다

나가! 나가! 압록강 건너 백두산 넘어가자

등잔 밑에 우는 형제가 있다 원수한테 밟힌 꽃포기 있다

동포는 기다린다 어서 가자 고향에 조국에

잊혀진 독립군가의 부활 독립군가 발굴에 평생을 바친 곽영숙 여사.

나가! 나가! 압록강 건너 백두산 넘어가자

　2003년에 초등학교 음악 교과서에 실린 독립군가다. 그런데 이 노래가 초등학교 교과서에까지 실리게 된 것은 '광복군 아내' 곽영숙 '독립군가 보존회' 회장의 헌신적인 노력이 있었기에 가능한 일이었다. 그녀는 독립군가 복원과 발굴에 평생을 바친 분이다.

　곽 여사는 1946년 고향인 충남 연기군의 초등학교에서 아이들을 가르치고 있었는데, 중국에서 광복군으로 활동하다 귀국한 초등학교 동창생 박노일 선생을 만났다. 박 선생은 독립군가인 '압록강 행진곡'을 자주 불렀고, 이에 반한 곽 여사는 박 선생과 결혼했다. 그러던 중에 1974년, 일본 다나카 총리의 망언 사건은 곽 여사를 독립군가 복원 작업에 뛰어들게 만들었다.

곽 여사는 전국을 누비며 생존해 있는 독립군들을 찾아다녀 노병들이 부르는 군가를 녹음기에 담은 뒤 악보로 바꾸는 작업을 계속했다. 온갖 노력 끝에 1982년 독립군가 96곡, 항일 민족의 노래 96곡을 담은 〈광복의 메아리〉라는 독립군 가곡집이 세상의 빛을 보게 되었다. 독립군가 190여 곡의 가사를 거의 외우고 있는 그녀가 가장 좋아하는 노래는 '하늘은 미워한다. 배달민족의 자유를 억압하는 왜적들을'로 시작하는 '기전사가祈戰死歌'라고 한다. 이 노래는 이범석 장군이 만들었다는데, 다음에는 기전사가에 대해 알아보자.

이범석

기전사가 祈戰死歌

이범석 장군이 작사, 작곡한 것으로 알려진 독립군가로, 조국을 위해 목숨을 바쳐 싸우겠다는 의연한 결의가 담겨져 있는 이 노래는 북로군정서 독립군이 청산리 전투을 앞두고 결사적 투쟁을 다짐하면서 불렀다고 전해지고 있다. 광복 60년을 기념하여 2005년에 발라드, 락, 힙합 등 다양한 장르로 편곡한 〈다시 부르는 노래〉라는 리메이크 앨범이 나왔는데, 거기에 이 기전사가도 실려 있다. 독립군가가 대중가요로 다시 태어난 셈이다. '기전사가'는 'HaHa N WoW'라는 가수가 불렀는데, 전혀 색다른 맛을 느낄 수 있다. 이 앨범에는 이밖에도 크라잉 넛이 부른 '독립군가', 장사익과 슬기둥이 부른 '한반도가', 안치환이 부른 '국기가' 등 모두 13곡의 노래가 실려 있다.

하늘은 미워한다 배달민족의
자유를 억압하는 왜적들을
삼천리강산에서 열혈히 끓어
분연히 일어나는 우리 독립군
백두산 찬바람은 불어 거칠고
압록강 얼음 위에 은월이 밝아
고국에서 전해 오는 피비린 냄새
분하고 원통하다 우리 동족들

물어 보자 동포들아 내 죄뿐이냐
네 죄도 있으려니 같이 나가자
정의의 손과 칼을 손에다 들고
동족을 구하려면 목숨 바쳐라

겁 많고 창자 썩은 어리석은 놈
자유를 찾겠다는 표적만으로
죽기는 싫어해도 행복만 위해

청산리 전투와 기전사가 청산리 전투에서 독립군에게 크게 패하고 물러가는 일본군(왼쪽)과 이범석 장군이 지은 '기전가사'의 악보(오른쪽).

우리가 죽거든 뒤나 이어라

한배님 저희들은 이후에라도

천만대 자손들의 행복을 위해

맹세코 이 한목숨 바치겠으니

성결한 전사를 하게 하소서

– 1920년 청산리 전투를 앞두고

리메이크 앨범인 〈다시 부르는 노래〉에 실린 '기전사가'의 가사는 원곡과 조금 다른데, 가사로나마 감상해 보자.

Ho~ Yeah~ 기전사가

대한의 노래다 우리의 혼이다

1920년도 그 때부터 벌써

강산이 여덟 번이나 바뀌었어도

우리에게 남은 건

큰 애국정신과 형제와 전우다

떼지 못한 한국인들이 긍지다

Yeah! 형제여 힘을 내

전우여 힘을 내

Uh! 배달의 힘을 Right!

하늘은 미워한다 배달족의

자유를 억탈하는 왜적들을

삼천리강산에 열혈이 끓어

분연히 일어나는 우리 독립군

맹세코 싸우고 또 싸우리니

성결한 전사를 하게 하소서

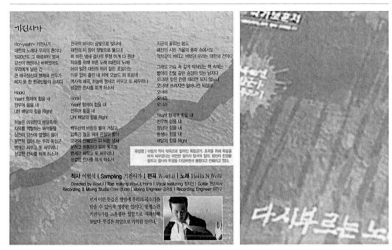

다시 부르는 노래 〈다시 부르는 노래〉 앨범 중 HaHa N WoW가 부른 '기전사가' 부분을 소개한 내용(왼쪽)과 광복 60주년 기념 앨범 표지.

천국의 바닥이 금빛으로 빛나네

대한의 이 땅이 핏빛으로 물드네

피 비린 냄새 결사적 투쟁 이게 다 뭔데

자유를 위해 부른 노래(대한의 노래)

어미 잃은 대한의 허리 잘린 호랑이는

이유 없이 흘린 내 피에 오늘도 피 토하네

역사적 왜곡, 하늘에 맹세코 싸우고 또 싸우리니

성결한 전사를 하게 하소서

Yeah! 형제여 힘을 내

전우여 힘을 내

Uh! 배달의 힘을 Right!

백두산의 바람은 불어 거칠고

압록강 얼음 위에 은월은 밝아

고국에 전해오는 피 비린 냄새

분하고 원통하다 우리 동족들

맹세코 싸우고 또 싸우리니

성결한 전사를 하게 하소서

지금의 꽃피는 봄도

예전의 시린 겨울의 풍파 속에서도

악착같이 버티고 버텼던 우리는 대한의 건아다

그래도 가슴속 깊게 박혀 있는 핵 속에는

병아리 잔털 같은 순정이 있는 남자다

오너라! 맞은 만큼 때리면 되지 않느냐

오너라! 쓰러지면 일어나면 되잖아

오너라 오너라 오너라

Yeah! 형제여 힘을 내

전우여 힘을 내

형님아 힘을 내

동생아 힘을 내

배달의 힘 Right!!!

도종환 시인이 쓴 <다시 부르는 기전사가>라는 시가 있는데, 함께 감상해 보자.

그대들 지금도 날 기억하는가

장백산 사십 척 골짝에 누워

어랑촌, 백운평 원시림 속 떠돌며

압록강 얼음 위에 은빛 달 뜰 때마다

끓어오르는 울음 살 아린 바람더미로

되살아나고 되살아나는 내 핏발선 목청

그대들 지금도 기억하고 있는가

시월 삭풍에 우우우 북간도의 겨울은 몰려오는데

야영화 달군 돌 위에 옥수수가루 콩가루

짓이겨 지짐하여 허기를 채우고

키 넘는 활엽으로 등 녹이고 가슴 덮으며

사흘 낮 사흘 밤을 꼬박 새워 싸우며

우리는 한 발짝도 물러설 수 없었지

총대에 내 몸을 칭칭 감아 동여매고

장고봉 넘어 치내려온 관동군, 만철 수비대

수백여 구의 뱃속에 박힌 분노가 되어

영영 돌아오지 않고 지금도 썩어 있는

아, 나는 북로 군정서 소년병 최인걸

자랑스러운 대한 독립군의 기관총 사수였다

지금도 나는 꼭 한 번만 더 살아나고 싶구나

언제고 한 번만 더 살아 일어나서

하나 남은 기관총에 다시 허리를 묶고

끊임없이 이 땅에 밀려오는 저 적들의 가운데로

방아쇠를 당기며 달려가고 싶구나

밀림 속에 숨어 아직도 돌격 소리 그치지 않는

저 새로운 음모의 한복판을 향해

빗발치는 탄알 소리로 쏟아지고 싶구나

늦가을달 높이 뜬 삼천리 반도를 오가며

그때 부르던 기전사가 다시 부르고 싶구나.

항일 무장 투쟁의 중심지, 만주

만주 지방을 중심으로 활약하던 독립군은 각처에서 일본군을 괴롭혔는데, 그중에서도 1920년 홍범도 장군 등의 봉오동 전투와 김좌진 장군의 청산리 전투가 유명하다. 독립군으로부터 큰 피해를 입은 일본군은 만주의 한국인 부락들을 습격하여 많은 인명을 학살했다. 그 후 독립군 부대는 러시아 등 각지로 흩어졌고, 만주사변 이후 만주가 일본의 지배하에 들어가자 독립군의 행동도 어렵게 되어 반만중국군反滿中國軍과 연합하여 투쟁했다. 그러다가 1940년 임시 정부 산하의 광복군에 통합되었는데, 광복군은 연합군과 협동하여 대일 항쟁을 수행했다. 특히 김구의 애국단과 김원봉의 의열단은 홍커우 공원 사건 등의 거사를 단행했다. 이런 가운데 독립 운동을 정신적으로 뒷받침하기 위해 역사 속에서 민족정신을 찾으려는 노력이 있었는데, 박은식·신채호 등이 대표적이다.

여기서 약간 복잡하기는 하지만 독립군과 광복군에 대해 알아보자. 먼저 만주에 어떤 독립군들이 있었는지 한번 살펴보자.

독립군이란 한국사에서 일본 제국의 식민 통치를 받던 시기에 조국의 독립을 위해 활동하였던 무장 단체를 총칭하여 가리키는 말이다. 의병과 비슷한 활동 성격을 띠지만 한반도에서 일제를 몰아낸다는 뚜렷한 목적의식이 있었고, 계획적인 훈련을 받고 전투용 무기를 갖추었다는 점에서 의병과는 구별된다. 일반적으로 정미의병 이후 대한 제국의 해산 군대가 가담하여 의병의 전투력이

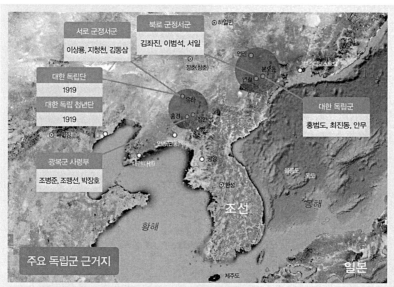

주요 독립군의 근거지.

향상된 이후부터의 전투 단체를 독립군이라 칭한다.

1910년대에는 1907년 한·일 신협약 체결 이후 대한 제국의 군대가 해산되었고, 이 해산 군대가 의병에 가담하면서 의병의 전투력이 비약적으로 향상되어 의병 전쟁의 양상을 띠어 가게 되었는데, 차차 이 의병이 체계적인 지도 체제를 갖추고 고도로 훈련된 전투 부대의 모습으로 나타나게 되었다. 이 때는 무장 독립 운동에 대한 일본 제국의 탄압이 강했던 시기였으므로 만주, 연해주 등지로 독립군의 중심지를 이동하였다.

1920년대에는 러시아 혁명 이후 연해주 등에서 총기와 탄약류를 비교적 손쉽게 구할 수 있었기 때문에 이 시기의 독립군은 두만강 근교를 넘나들며 일제 파출소 등을 습격하는 등 게릴라 활동을 전개하였다.

그러면 이 당시 활약했던 독립군들에 대해 알아보자. 먼저 '북로군정서군'은 1919년 대종교를 중심으로 활동하던 무장 독립 운동 단체인 '대한군정서'로 출범해 그해 12월 '북로군정서'로 개편된 항일 무장 독립군 부대이다. 주요 임원은 총재 서일, 총사령관 김좌진, 사단장 김규식, 연성대장 이범석 등이며, 왕청현 일대의 삼림 지대를 근거지로 했다. '북로군정서'는 이 시기에 만주에서 존재했던 독립군 가운데 단위 부대로서는 가장 잘 훈련되고 전투력이 막강한 부대였는데, 대표적인 전투는 청산리 전투이다. 그 후 연해주에서 '대한독립군단'으로 합쳐졌다.

'서로군정서군'은 1919년 4월 초순 서간도에서 항일 독립 전쟁을 실천에 옮기기 위해 만들어진 군정부軍政府에서 시작됐다. 군정부는 이상룡, 이회영, 김동삼 등이 만들었는데, 군대를 편성하고 압록강을 건너 국내 진공작전을 수행할 계획을 수립하는 한편, 조직 체계를 완비했다. 군정부가 수립될 무렵에 상해에서도 대한민국 임시 정부가 수립되었다. 임시 정부는 서간도 지역에 또 다른 정부가 수립된 것을 알고 여운형을 군정부에 파견하여 임시 정부에 통합할 것을 요청하였으나 군정부의 주요 인사들은 반대하였다. 그러나 총재였던 이상룡이 "하나의 민족이 어찌 두 정부를 가질 수 있겠는가?" 라고 설득하여 '군정부'라는 명칭을 버리고 1919년 11월 17일 임시 정부 산하의 '서로군정서'로 개편되었다. '서로군정서'는 당초의 계획처럼 대규모적인 항전을 펼치지는 못하고 주로 소규모 게릴라 작전을 펼쳤다. 나중에 서로군정서 총사령관이 된 박용만이 조선 총독부에 투항하는 사태가 발생하였고 이를 계기로 서로군정서는 점차 와해되었다.

'대한독립군'은 함경도 지역의 의병대장 홍범도가 3·1 운동 후 1919년에 북간도 지역에서 조직한 군대로, 대표적으로 봉오동 전투가 있다. 대한독립군의 핵심 인물인 홍범도는 1907년 산포대山砲隊라는 이름의 의병 부대를 조직하여 삼수, 갑산, 혜산, 북청 등지에서 활발한 유격전으로 일본군에게 피해를 입혔던 맹장인데, 국내에서 3·1 운동이 벌어지자 포수와 청년들을 모아 이 단체를 조직하였다. 대한독립군 간도국민회 산하 무장 단체 가운데 가장 많은 전과를 올

조선의용대 설립 기념 사진.

린 독립군이었다.

'대한독립군단'은 간도 참변 이후 밀산부로 이동한 독립군들이 1920년에 모여서 만든 단체인데, 총재는 서일, 부총재는 김좌진이었다. 청산리 전투, 봉오동 전투 등의 패배로 일본이 본격적으로 공격을 감행하자, 독립군 세력들이 러시아 연해주의 자유시로 이동하면서, 분산된 모든 독립군 세력을 하나로 통합한 부대이다.

'대한독립단'도 1919년에 만들어진 무장 투쟁 단체로, 남만주 삼원보에서 결성되었으며 총재는 박창호였다.

'광복군'은 1940년 9월 17일 대한민국 임시 정부 산하에 만들어진 무장독립군으로, 충칭에서 창설된 항일 군대를 말한다. 1940년 충칭에 정착한 임시 정부는 5월부터 광복군 창설을 위해 장개석 주석과 교섭을 추진했다. 당시 중국 군사위원회에서는 김원봉의 조선의용대를 후원하고 있었으므로 이를 주저하였으나, 결국 1940년 8월 광복군 총사령부의 설치안을 승인했으며, 이에 임시 정부는 1940년 9월 광복군 창설을 공표했다. 광복군은 국군 양성 및 훈련을 통해

광복군 총사령부 전례식 기념 사진.

궁극적으로 국내 진공작전을 추진하여 조국의 자주독립을 쟁취하는 데 목적을
두었다. 그러나 국민당 정부의 원조·승인이 필요했기 때문에 처음부터 제약과
한계를 지니고 출발했다. 광복 직전에 한미 합동 작전으로 국내 정진대를 편성
하여 국내로 진격을 준비하다가 출동 시기에 임박하여 일제가 항복함으로써 실
현되지 못하였다. 더욱이 안타까운 것은 미군정 당국이 임시 정부를 인정하지
않았고, 따라서 광복군에 대해서도 무장 해제를 요구하였다는 것이다. 때문에
임시 정부 요인들은 개인 자격으로 귀국할 수밖에 없었고, 광복군 역시 군대의
자격이 아니라 무장 해제한 상태로 귀국하였다가 1946년 6월 해체되었다.

| 참고 문헌 |

강만길, 《고쳐 쓴 한국근대사》, 창작과비평사, 1997 .

김인기 외, 《청소년을 위한 한국근현대사》, 두리미디어, 2008.

강준만, 《한국근대사산책 1》, 인물과 사상사, 2007.

강준만, 《한국근대사산책 2》, 인물과 사상사, 2007.

강준만, 《한국근대사산책 3》, 인물과 사상사, 2007.

강준만, 《한국근대사산책 4》, 인물과 사상사, 2007.

강준만, 《한국근대사산책 5》, 인물과 사상사, 2007.

강준만, 《한국근대사산책 6》, 인물과 사상사, 2008.

강준만, 《한국근대사산책 7》, 인물과 사상사, 2008.

강준만, 《한국근대사산책 8》, 인물과 사상사, 2008.

강준만, 《한국근대사산책 9》, 인물과 사상사, 2008.

강준만, 《한국근대사산책 10》, 인물과 사상사, 2008.

광복회미래전략연구소 엮음, 《광복조국》, 위버알레스, 2009.

권보드래, 《연애의 시대 : 1920년대 초반의 문화와 유행》, 현실문화연구, 2003.

김치수 외, 《식민지시대의 문학연구》, 깊은샘, 1980.

김한종 외, 《한국근·현대사》, 금성출판사, 2008.

박주택, 「백석 시의 자연이미지와 욕망의 구현 연구」, 《시인》, 2008

박한용 외, 《시와 이야기가 있는 우리역사》, 동녘, 2003.

반민족문제연구소, 《청산하지 못한 역사 2》, 청년사, 1994.

이동순, 《민족시의 정신사》, 창작과비평사, 1996.

이병천, 《신시의 꿈 1》, 한문화, 2004.

이병천, 《신시의 꿈 2》, 한문화, 2004.

이병천, 《신시의 꿈 3》, 한문화, 2004.

이시영, 「백석 시 다시 읽기」, 《시인》, 2008

이야기 한국역사편집위원회, 《이야기 한국역사 9》, 풀빛, 1997.

이야기 한국역사편집위원회, 《이야기 한국역사 10》, 풀빛, 1997.

이야기 한국역사편집위원회, 《이야기 한국역사 11》, 풀빛, 1997.

이야기 한국역사편집위원회, 《이야기 한국역사 12》, 풀빛, 1997.

일본교과서바로잡기운동본부 편, 《일본교과서 역사왜곡》, 역사비평사, 2001.

임종국, 《친일문학론》, 평화출판사, 1986.

장세현 엮음, 《어린이 백범일지》, 푸른나무, 2000.

정우택, 「재'만주' 조선인의 시문학」, 《시인 2009》, 2009.

한중일3국공통역사편찬위원회, 《동아시아 3국의 근현대사 미래를 여는 역사》, 한겨레출판,
2006.

| 수록 시집 및 도서 |

김동환, 《국경의 밤》, 미래사, 1991.

김학동 편, 《이육사 전집》, 새문사, 1986.

도종환 해설, 《선생님과 함께 읽는 김소월》, 실천문학사, 2002.

박일환 해설, 《선생님과 함께 읽는 이용악》, 실천문학사, 2004.

신현수 해설, 《선생님과 함께 읽는 한용운》, 실천문학사, 2005.

윤영천 편, 《이용악시 전집》, 창작과비평사, 1988.

이동순 편, 《백석시 전집》, 창작사, 1987.

조재도 해설, 《선생님과 함께 읽는 윤동주》, 실천문학사, 2006.

최두석 편, 《오장환 전집. 1》, 창작과비평사, 1989.

홍정선 편, 《이산 김광섭시 전집》, 문학과지성사, 2005.

교육출판기획실 엮음, 《교과서와 친일문학》, 동녘, 1988.

권오성 외, 《고전시가의 모든 것》, 꿈을 담는 틀, 2008.

권오성 외, 《낯선 시의 모든 것》, 꿈을 담는 틀, 2008.

권오성 외, 《현대시의 모든 것》, 꿈을 담는 틀, 2008.

김규동 김병걸 편, 《친일문학 작품선집 1》, 실천문학사, 1986.

김규동 김병걸 편, 《친일문학 작품선집 2》, 실천문학사, 1986.

동학농민혁명백주년기념사업회, 《황토현에 부치는 노래》, 창작과비평사, 1993.

윤희중 외 엮음, 《고전문학의 이해와 감상-운문》, 문원각, 1999.

정희성 엮음, 《현대시의 이해와 감상 1》, 문원각, 2003.

정희성 엮음, 《현대시의 이해와 감상 2》, 문원각, 2003.

제3회우금티문학상수상집, 《우금티 마루에 흐르는》, 심지, 2008.

최제우

1824년 경북 월성에서 태어났다. 아명은 복술福述, 호는 수운水雲. 유교·불교·선교 등의 교리를 종합한 민족 고유의 신앙인 동학을 창시했다. 하지만 1863년(철종 14년) 12월에 체포되어, 이듬해 3월 10일 '삿된 도로 정도를 어지럽혔다는 죄邪道亂正之律'로 처형당했다. 1907년 순종 때 그의 죄가 풀렸다. 저서로《동경대전》,《용담유사》등이 있다. 동학의 근본 사상은 '인내천' 人乃天. 즉, 인본주의를 강조하면서, 성실과 신의로써 새롭고 밝은 세상을 만들자는 외침이었으며 어지러웠던 나라를 구하고자 하는 사상이었다. 동학은 후에 천도교로 발전했다.

신동엽

1930년 충남 부여에서 태어났다. 단국대학교 사학과를 졸업했고, 1959년 조선일보 신춘문예에 장시 〈이야기하는 쟁기군의 대지〉가 당선되면서 작품 활동을 시작했다. 그 후 아사녀의 사랑을 그린 장시 〈아사녀〉, 동학 농민 운동을 주제로한 서사시 〈금강〉 등 강렬한 민중의 저항의식을 시화했다. 시집으로《삼월》,《껍데기는 가라》,《주린 땅의 지도원리》,《4월은 갈아 엎는 달》,《우리가 본 하늘》등이 있고 유작으로 통일의 염원을 기원하는 〈술을 마시고 잔 어젯밤은〉 등이 있다. 1969년에 세상을 떠났다.

전봉준

1855년 전북 태인에서 태어났다. 초명은 명숙, 별명은 녹두 장군으로 부패한 관리를 처단하고 시정 개혁을 도모한 동학 농민 운동의 지도자. 전라도 지방에 집강소를 설치하여 동학의 조직 강화에 힘썼으며 1894년 2차에 걸친 농민 봉기를 이끌며 일본의 침략에 맞서 싸웠다. 전북 순창에서 손화중, 김덕명, 최경선 등과 또 다른 봉기를 모의하던 중 부하였던 김경천의 밀고로 12월 2일 체포되어 서울로 압송되어 동지들과 함께 1895년 4월 사형당했다.

흥선 대원군

이름은 이하응李昰應, 본관은 전주全州, 자는 시백時伯. 호는 석파石坡이며. 시호는 헌의獻懿이다. 영조의 5대손伍代孫이며 고종의 아버지. 고종의 즉위로 대원군에 봉해지고 섭정했다. 당파를 초월한 인재 등용, 서원 철폐, 법률 제도 확립으로 중앙 집권적 정치 기강을 수립했다. 그러나 경복궁 중건으로 백성의 생활고가 가중되고 쇄국 정책을 고집함으로써 국제 관계가 악화되고 외래 문명의 흡수가 늦어지게 되는 원인을 제공하기도 했다. 임오군란壬吾軍亂, 갑오개혁 등으로 은퇴와 재집권을 반복했다.

김옥균

조선 후기의 정치가로 본관은 안동安東, 자는 백온伯溫, 호는 고균古筠 · 고우古愚, 시호는 충달忠達이다. 1872년(고종 9) 알성문과에 장원으로 급제하여, 교리校理 · 정언正言 등을 역임했다. 박규수朴珪壽) · 유대치劉大致 · 오경석吳慶錫 등의 영향으로 개화 사상을 가지게 되었다. 특히 1881년(고종 18)에 일본을 시찰하고, 다음해 다시 수신사修信使 박영효朴泳孝 일행의 고문으로 일본을 다녀온 후에는 일본의 힘을 빌려 국가 제도를 개혁하기로 마음먹고 1884년 갑신정변을 일으켰지만 실패하고 말았다.

이중하

본관은 전주全州, 자는 후경厚卿, 호는 규당圭堂 · 탄재坦齋. 1882년(고종 19) 증광문과에 병과로 급제했다. 1885년 안변부사安邊府使로서 토문감계사土們勘界使가 되어 청나라 차관差官 가원계賈元桂와 백두산 정계비를 답사, 국경 분쟁의 해소에 노력했으나 양국의 견해차로 실패했다.

최남선

본관은 동주東州;鐵原, 호는 육당六堂, 자는 공륙公六, 아명은 창흥昌興, 세례명은 베드로. 잡지
《소년》을 창간을 창간하고, 〈해에게서 소년에게〉를 발표했다. 사학자이자 한국 근대 문학의
선구자 중 한 사람. 독립선언문을 기초하고 민족대표 33인 중 한 사람이었다. 하지만 뒤에 친
일 활동을 하여 오점을 남겼다.

신재효

본관은 평산平山, 호는 동리桐里·호장戶長, 본명 백원百源으로 전북 고창高敞에서 태어났다. 조
선 후기의 판소리 이론가이자 작가로 가선대부嘉善大夫, 호조참판戶曹參判 등을 지냈다. 종래에
계통 없이 불러 오던 광대소리를 통일하여 《춘향가》, 《심청가》 등 여섯 마당으로 체계를 이루
고 독특한 판소리 사설문학을 이룩하였다.

신돌석

본관은 평산平山, 본명은 태호泰浩로 경상북도 영덕에서 태어났다. 대한 제국 말기의 평민 출신
항일 의병장으로 을미사변과 을사조약 이후, 경상도와 강원도 일대에서 의병을 이끌며 일본
군에게 큰 타격을 주었다. 지도력이 뛰어나고 농민들과의 대화가 잘되었고 민폐를 끼치지 않
아 여러 곳에서 호응하는 자가 많으며 또한 전술이 뛰어나 일본군을 여러 방법으로 공격하여
많은 전과를 올렸다.

고은

1933년 전북 군산에서 태어났다. 군산중학교 4학년을 중퇴했고, 1952년 20세의 나이로 승려
가 되었다. 조지훈 등의 천거로 1958년 《현대시》에 〈폐결핵〉을 발표하며 작품 활동을 시작했
다. 현실 참여의식과 역사의식을 시로 형상화했으며, 자유실천문인협의회, 민주회복국민회
의, 민족문학작가회의 등에 참여하며 민주화 운동과 노동운동에 앞장서 왔다. 시집으로 《피안
감성》, 《문의 마을에 가서》 등이 있으며, 중앙문화대상을 받은 연작시 《만인보》와 장편 서사시
《백두산》이 있다

나철

호는 홍암弘巖으로 전라남도 보성군 벌교읍에서 태어났다. 1905년 을사조약이 체결되자 의분을 참지 못하여 1907년 매국 대신들의 암살을 기도하였으나 거사 직전에 탄로가 나 신안군 지도로 유배되었다. 그 후 특사로 풀려나 1909년 음력 1월 15일에 대종교를 창시하고 포교를 시작했다. 1916년 황해도 구월산 삼성사에서 일제의 학정을 통탄하는 유서를 남기고 자결했다. 저서로《신리대전神理大典》이 있다.

안중근

본관은 순흥順興이며, 황해도 해주에서 태어났다. 1906년 삼흥학교를 세우고, 이어 남포의 돈의학교를 인수하여 인재 양성에 힘썼다. 그러나 국운이 극도로 기울자 합법적인 방법으로는 나라를 바로 세울 수 없다고 판단하고 1907년 연해주로 망명하여 의병 운동에 참가했다. 1909년 10월 26일 러시아 재무장관 코코프체프와의 회담을 위해 하얼빈 역을 방문한 침략의 원흉 이토 히로부미를 사살하고 일제에 의해 사형당했다.

안창호

한말의 독립 운동가이자 사상가. 호는 도산嶋山으로 평안남도 강서에서 태어났다. 독립협회, 신민회, 흥사단 등에서 활발하게 독립 운동 활동을 했다. 1919년 4월부터 대한민국 임시 정부 수립에 주도적으로 참여했다. 1921년부터는 임시 정부 창조론과 개조론이 나뉠 때 개조론을 주장하였으며, 국민대표자회의가 강제 해산된 뒤 미국으로 건너가 독립 운동을 계속했다. 그의 기본 사상은 '민족개조론'을 기본으로 하고 있으며, 자주 독립을 이룩하려면 넓은 의미의 교육, 즉 국민 운동을 통해서만 가능하다고 믿고 있었다.

김구

대한민국의 독립 운동가, 통일 운동가, 교육자, 정치인. 호는 백범白凡으로 황해도 해주에서 태어났다. 동학 농민 운동에 참가했고, 1919년부터는 대한민국 임시 정부에 입각하여 의정원 의원, 경무국장, 내무총장, 국무령, 등을 역임했으며 1931년 임시 정부 내에 일본 요인 암살을 목적으로 하는 한인애국단을 결성하여 이봉창, 윤봉길 등의 의거를 지휘하기도 했다. 이후 국무위원을 거쳐 1940년 3월부터 1948년 8월 15일까지 대한민국 임시 정부 국무위원회 주석을 지냈다. 1945년 광복 이후에는 신탁통치 반대 운동과 임시 정부 법통 운동을 하였으며, 1948년 1월부터 남북협상에 참여했다. 1949년 6월 26일 자택인 경교장에서 육군 포병 소위 안두희에게 암살당하고 말았다.

황현

한말의 선비로 우국지사. 본관은 장수, 자는 운경, 호는 매천梅泉으로 전라남도 광양에서 태어났다. 시문에 능하여 1885년(고종 22) 생원진사시에 장원하였으나 시국의 혼란함을 개탄하며 낙향하여 제자들을 가르쳤다. 1910년(융희 4) 한일 병합 조약이 체결되자 되자 국치를 통탄하며 조약 체결 일주일 후 절명시絶命詩 등 4편을 남기고 자결했다. 저서로는 한말의 역사를 편년체로 기술한 《매천야록梅泉野錄》이 있다.

이중언

한말의 의병장. 본관은 진보, 호는 동은東隱으로 경상북도 안동에서 태어났다. 1879년 식년문과式年文科에 장원급제하고 정언正言·지평持平을 역임했다. 1882년 임오군란 이후 세상이 혼란해짐을 개탄하고 봉화奉化의 임당산林唐山 기슭에 은거하다가 1895년 10월 일본이 명성황후를 시해하는 만행을 자행하자 안동에서 김도현과 함께 의병을 일으켜 일제에 저항했다. 1905년 을사조약이 체결되자 일제 침략을 규탄하고 을사조약의 파기와 을사오적을 참형에 처할 것을 요청하는 상소를 올렸다. 1910년 일제에 의해 나라가 망하자 통분을 이기지 못하여 단식을 결행해서 1910년 9월 자결했다.

민영환

한말의 문신이자 순국지사. 본관은 여흥, 호는 계정桂庭, 시호는 충정忠正으로 명성황후의 조카다. 예조판서, 병조판서, 형조판서 등을 지냈다. 친일적인 대신, 관료들과 수차례 대립하였고, 일본 제국의 내정 간섭을 성토하다가 주요 요직에서 밀려났다. 1905년, 을사조약이 체결되자 크게 개탄하며, 조병세와 같이 을사조약 반대 상소를 수차례 올렸으나 일제 헌병들의 강제 진압으로 실패한 뒤, 스스로 목숨을 끊었다.

정인보

한학자이자 역사학자. 본관은 동래, 아호는 위당爲堂으로 1893년 서울 명동에서 명문가의 외아들로 태어났다. 유명한 학자인 이건방에게서 사사했으며, 1913년 상하이로 건너가 박은식, 신규식 등과 함께 동제사를 결성했다. 귀국한 뒤 연희전문학교에서 강의하며 저술 활동을 했다. 1945년 8월 광복 후에 국학대학의 초대 학장을 지냈다. 저서로는 《조선사연구》, 《양명학연론》 등이 있다.

박열

1902년 경상북도 문경에서 태어났다. 경성고보 재학 중에 3·1 운동에 가담한 혐의로 퇴학당하고, 1919년 일본 도쿄로 건너갔다. 일본에서는 사회주의자, 무정부주의자들과 교류했고, 의혈단, 흑우회 등을 조직했다. 1923년 일본 천황과 왕세자의 암살을 모의했다는 혐의로 일본인 연인인 가네코 후미코와 함께 체포되었다. 복역 중 가네코는 형무소에서 자살했고 박열은 1945년 8·15 광복으로 22년 2개월 만에 석방되었다.

구본웅

1906년 서울에서 태어났다. 서양화가로 호는 서산西山. 경신 고등 보통학교 재학 중에 고려미술회의 고희동에게서 본격적으로 서양화를 배웠다. 일본에서 가와바타 미술학교를 거쳐 니혼대학에서는 미술 이론을, 다이헤이요 미술학교에서 유화를 공부하는 등 다채로운 교육을 받고 1933년 귀국했다. 이듬해 서양화가 단체인 목일회를 창립했고, 1938년에는 종합문예지인 《청색지》를 창간해 약 2년 동안 발행했다. 작품으로 〈정물〉, 〈친구의 초상〉, 〈여인〉 등이 있다.

윤봉길

1908년 충청남도 예산에서 태어났다. 1926년부터 농민 계몽·독서회 운동 등 농촌 사회 운동을 펴나가다 1930년 중국 상하이로 건너가 김구 선생이 주도하는 한인애국단에 가입했다. 1932년 4월 29일 일왕의 생일날, 상하이 훙커우 공원 행사장에 폭탄을 던져 일본 상하이 파견군 대장 등을 즉사시키는 거사를 치르고 현장에서 체포되었다. 그는 일본으로 옮겨져 오사카 위수 형무소에 수감되었다가 그해 12월 19일 총살형을 받고 젊은 나이에 순국했다.

신채호

1880년 충청남도 대덕에서 태어났다. 본관은 고령高靈, 호는 단재丹齋. 성균관에 들어가 박사가 되었고, 〈황성신문〉 논설위원, 〈대한매일신보〉 주필로도 활약했다. 1910년 중국으로 망명하여 1919년 대한민국 임시 정부 수립에 참가했다. 1925년경부터 무정부주의를 신봉하기 시작해서 1927년 신간회 발기인으로 참여하기도 했다. 1928년 동지들과 합의하여 외국환을 입수, 자금 조달을 위해 타이완으로 가던 중 지룽항에서 체포되어 10년형을 선고받고 뤼순 감옥에서 복역 중 1936년 옥사했다. 저서로는 《조선상고사》가 있다.

이범석

1900년 서울에서 태어났다. 1915년 경성 고등 보통학교 재학 중 중국으로 망명해서 1919년 윈난에 있는 중국 육군 강무학교 기병과를 졸업했다. 1920년 청산리 전투에서 중대장으로 참가, 전투를 승리로 이끄는 데 큰 공을 세웠다. 1941년 한국광복군 참모장에 취임하고, 광복군 중장으로 1945년 8월에 귀국했다. 1946년 조선 민족 청년단을 창설하였으며, 1948년 정부 수립 후 초대 국무총리에 기용되고 국방장관을 겸임했다.